致青春 088

綠茶要有綠茶的本事

（上）

蘇錢錢　著

高寶書版集團

目錄
CONTENTS

第一章　福氣來了，攔都攔不住

臥室的窗簾被拉得嚴嚴實實，房間漆黑一片，乍看如同深夜。

忽地，一陣急促的鈴聲打破平靜。

溫妤皺眉翻了個身，然而鈴聲一直不停，她在床上胡亂摸了兩下找到手機，原本想掛斷，卻失手按成了接聽。

「喂？溫小姐嗎。」

「溫小姐，我是HXX專櫃的Amy呀，您之前在我們這訂製的黑寶石袖釦到了，可以隨時來取噢。」

靜謐的臥室裡，SA的聲音異常清楚。

還在時差的溫妤有些不快，但等了大半年的袖釦到了，又的確是個好消息。

兩者中和，沖淡掉幾分焦躁的起床氣。

她把手機拿回耳邊，「知道了。」

掛了電話，睏意已經完全消失，溫妤掀開被子看時間。

下午五點。

離鬧鐘叫醒自己還有半個小時的時間。

溫妤晚上有約，醒都醒了，索性趁時間寬裕，起床化了個妝。

六點半，她拉開家裡厚重的窗簾。

斑斕的光影一片片打在落地窗上，整座城市都進入了夜晚的紙醉金迷之中。

噴了一點近期愛的香水，拿上車鑰匙，溫妤出門了。

江城從來不缺豪車出沒，但溫家小姐的座駕在偌大的城市向來都是獨一份的風景。法拉利的 LaFerrari 系列，又酷又正的「法蘭紅」，全江城僅此一輛。出行一次就炸街一次。

半小時後，溫妤開到了江城的地標建築朗嘉中心。今晚，國內著名的交響樂團將在朗嘉頂樓的停機坪舉行一場別具一格的天臺OST電影音樂會。

引擎聲席捲著灰塵由遠而近，溫妤單手操縱方向盤，一個漂亮的迴轉後，車穩穩地停在了朗嘉樓下。

她從車上下來，把鑰匙丟給泊車小弟，「謝謝。」

泊車小弟早已認識溫妤，畢恭畢敬道：「不客氣溫小姐。」

溫妤個子高，身材比例又好，加上渾身的奢侈名牌，走在人流中總能輕鬆引來別人的注意。

眼看溫妤拎著包包從容離開，圍觀的路人都圍了上來，拍照的拍照，議論的議論。

「剛剛那個就是華度集團的大小姐？」

「就是她，車牌是溫家的車。」

「看她走路我感覺我也跟著踐起來了……」

「漂亮又有錢，這種人啊，出生就已經站在我們的終點了。」

今晚的音樂會溫妤原本沒打算來，但閨蜜尤昕求她幫忙弄張邀請卡，剛好承辦方裡有溫妤認識的人，進場也就打聲招呼的事。

尤昕很早就到了，一直等在電梯處，看到溫妤後揮手道：「這裡！」

工作人員眼疾手快地按下電梯，等溫妤走近了頷首道：「溫小姐，請。」

溫妤點了個頭算是回應，進電梯後問尤昕：「電話裡也沒說清楚，你是想來見誰？」

尤昕答她：「一個導演，姓陳。」

溫妤：「做什麼？」

尤昕嘆了口氣，把自己好不容易爭取來的女三號被人中途截胡的事告訴了溫妤。

溫妤和尤昕是高中同學。尤昕家條件普通，高中時舉全家之力送尤昕上了江城的貴族中學，原想讓女兒借此攀上名流，誰知尤昕酷愛文藝，一心搞學習，三年後考上了京市電影學院。可沒背景沒人捧，畢業了還是個十八線。

「聽說這個陳導為人很好，肯給新人機會，所以我想找他自薦。」尤昕道。

溫妤張了張嘴，本想說點人間真實給閨蜜聽——比如這種名流聚集的音樂會，別說自薦了，能不能近人家大導演的身都是個問題。

可扭頭看到她一臉期待的樣子，又不忍地把話咽了回去。

電梯很快到達頂樓，專人指引她們來到天臺的停機坪。

現場浪漫的燈光交織馥郁鮮花，眾人舉杯而立，談笑風生，在徐徐夜風中俯瞰華麗城市夜景。

今晚的音樂會是為了促進電影圈和音樂圈的交流，因此現場來的大部分都是娛樂圈的人。

剛找了位置坐下，尤昕就湊近地嗅了嗅鼻子，問溫妤：「你噴了什麼香水，好好聞。」

溫妤脫掉風衣，露出裡面的裙子，「就這次去巴黎，在一家手工店隨便買的。」

尤昕身體往後仰，故意做出一副打量的模樣，瞇著眼睛說：「寶貝，你不進娛樂圈真可惜了。」

溫妤今晚穿的是一件黑色的露肩絲絨短裙，夜晚燈光下，黑絲絨迷人又慵懶地勾勒著她曼妙的曲線，略帶光澤的材質與白到透亮的皮膚相映成輝，更是讓溫妤在人群中發著光。

低調，卻又充滿了高不可攀的貴氣。

話間，入場處的閃光燈忽然此起彼伏，不知是誰來了，記者和賓客一層層把來的那人圍住，隊伍緩慢前行。

現場的幾束追光剛好落在人群中心，溫妤的目光也被吸引過去，一眼便看到了一張被光劃過的側臉。

輪廓清冽，矜貴淡然。

片刻又隱入暗處沒了蹤跡。

隊伍遠去，溫妤便也收回視線，從包裡擠出一點護手霜抹在手上，回尤昕剛剛的話：「做明星多累啊，我可沒興趣。」

尤昕也伸手過去蹭霜，「是是是，溫小姐養尊處優，有個明星男朋友就夠了，哪用得著自己出去賺錢。」

正抹著，尤昕忽然看到了誰，邊起身邊說：「陳導的助理來了，我過去探探情況。」

她這一走，沒一會就傳來了訊息給溫妤：【打聽到陳導在樓下餐廳休息，我去了！】

溫妤雖然覺得尤昕的自薦成功機會渺茫，但娛樂圈這種戲劇化的地方，倒也不一定那麼絕對。

她便靜等著尤昕的消息。

可四首曲子演奏結束了人都沒回來，微信、電話也都沒人回。

天臺下面是朗嘉的頂樓旋轉餐廳。因為音樂會的關係，餐廳今晚沒有對外營業，全程配合音樂會的服務。

擔心出事，溫妤下樓找了一圈，最後在一個虛掩著門的房間前停下。

她敲門：「昕昕？」

無人應。

溫妤推門進去，房裡空無一人。她繼續往裡走，發現內廳也只是兩張空沙發。

看來人不在這裡。

她轉身打算離開，一陣高跟鞋的聲音卻急促地踏入了房間。緊接著便是啪一聲——

來人快速反鎖了門。

「……」

溫妤懵住，下意識閃進內廳的立式空調後。

腳步聲從外至內巡視了一遍，應該是確定了房間內的安全，進來的人才開始了對話。

「蔓姐，你真的想好要這麼做嗎？你知不知道這樣很冒險？」

「冒險也要做，是姓蔣的逼我的，我只是要回屬於我的角色而已，我幫他賺了多少錢？他現在居然想過河拆橋捧那個新人？」

蔓姐？難道是今晚出席音樂會的那個女明星黎蔓？

溫妤身體微微探出一點去求證。

果然。

「可你萬一賭輸了呢。」

「輸？」黎蔓冷笑一聲，「那大不了一拍兩散，到時候我這個受害者告他蓄意強姦，他也別想清白。」

溫妤睜大了眼。

頓了頓，黎蔓似乎是想安慰對方：「放心，藥是從國外帶回來的，代謝很快，就算他事後想查也查不出來。」

溫妤到底還是按捺不住好奇心，再次探出頭，只見黎蔓把一小片藥交給面前的小夥子，「待會我會去敬他的酒，你這樣做……」

兩人低聲交談了幾分鐘後離開。

怕被打成同夥，她們走後溫妤也沒停留，緊跟著離開了房間。

她沒猜錯的話，黎蔓應該是想對一個姓蔣的男人下藥睡一晚，等睡醒了，對方如果答應她的交換條件，則皆大歡喜。如果沒有答應，就一拍兩散，魚死網破。

溫妤沒想到聽個音樂會也能遇到真人版的潘金蓮，要不怎麼說娛樂圈戲劇化呢，處處都是你意想不到的刺激和驚喜。

回到天臺時，尤昕已經坐在了位置上。

溫妤鬆了口氣上前：「我找你半天，怎麼樣，成了嗎？」

尤昕垂頭喪氣，「別提了，面都沒見到。」

溫妤早就猜到會是這樣的結果，揉了揉閨蜜的頭，「沒事，大不了別拍戲了，姐妹養你。」

尤昕抬起頭想說什麼，又悶悶不樂地垂下去。

溫妤知道她這時心情不好，想了想，指著不遠處的黎蔓神祕道：「別沮喪了，跟你說個刺激的，那個明星黎蔓你認識嗎？」

尤昕瞥了眼沒好氣道：「怎麼不認識，我那個角色就是被她搶走給了別人。」

溫妤聞言一愣，轉過頭：「是她截你的胡？」

「黎蔓是那部劇的女一號，想換自己的人進來還不是一句話的事。」

溫妤確實沒想到，原來閨蜜的煩惱都是這位黎小姐造成的。

看出來了，是個厲害角色，要不怎麼敢在這種場合玩仙人跳。

本來溫妤聽了個牆角並不想參與，但既然當事人搞尤昕在前，擾了閨蜜的事業，那對不起——你也別想心願達成了。

溫妤觀察黎蔓周圍正在接近的男人，問尤昕，「今晚來的，有沒有哪個男的姓蔣。」

尤昕皺皺眉，「蔣？」

她四處看了看，指著一個方向說，「你是說蔣總蔣禹赫嗎，在那邊。」

溫妤立即順著看過去。

距離黎蔓十公尺的距離，一個大約一百八十五公分，身材非常霸道，寬肩窄腰大長腿的男人正站在舞臺下方和幾個外國人交流著什麼。

熟悉的側臉……

溫妤想起來了，剛剛被很多記者圍著進來的人就是他。

她邊看邊問尤昕，「這個蔣禹赫什麼來頭。」

「來頭大著呢。」剛剛還很沮喪的尤昕忽然來了精神：「亞盛集團的老闆，娛樂圈的做主大哥，你現在熟知的那些一線、頂級流量人物，全都是這個男人公司的，你看的那些創票房紀錄的電影，十部有九部是他投資的，可以說是握住無數藝人命運的超級大佬。」

這個地位，肯定就是他沒錯了。

溫妤不禁感慨，跟尤昕傻不愣登的自薦比起來，黎蔓的段位可高多了。

機關算盡破釜沉舟，一旦成功，會獲得數不盡的名利和資源。

只是可惜，她的完美計畫裡可能沒想到會遇到自己。

溫妤迅速從包包裡找出紙和筆，剛寫完就發現黎蔓端著兩杯酒朝蔣禹赫走了過去。

她走到男人面前，笑得很平常，不知道在說什麼，而後把手裡的一杯酒遞給了他。

看來計畫已經開始了。

「你寫什麼呢？」尤昕好奇地問。

「噓……」

溫妤來不及跟尤昕解釋了，摺起紙條就朝男人走過去。

距離越來越近。

男人的五官也越來越清晰。

冷感的黑襯衫黑西裝，一張天生高級的無情臉，骨相精緻又銳利，眉眼笑時從容，折射出來的氣勢卻強勁逼人。

是那種上位者才可以散發出來的氣場。

先不說黎蔓陰了尤昕，就是這麼個秀色可餐的男人被黎蔓這種蛇蠍女人睡了也挺可惜的。糟蹋了。

夜風拂面，溫妤甩了甩嫵媚柔情的長捲髮，踩著精緻的高跟鞋，隨手從經過的服務生手裡拿了一杯酒，在經過蔣禹赫身邊時很自然地製造了一場碰撞。

混亂中，把手裡的紙條隱蔽而迅速地塞進男人的西裝口袋裡。

「噢，不好意思。」她輕輕一笑假意道歉，而後若無其事地離開。

整個過程自然得找不出一絲紕漏。

黎蔓絲毫沒有在意溫妤的出現，依然笑著問：「蔣總，喝杯酒不會不給面子吧？」

蔣禹赫沒有馬上答她，頓了兩秒後，他轉過身。

那個穿著黑色絲絨裙子的瀲灩背影已經模糊在光影裡，看不太清。

唯一留下的，是空氣裡一抹淡而特別的玫瑰木香。

火熱又明烈。

他垂眸，從口袋裡掏出女人費心留下的東西。

竟然是張小字條——

【大郎，藥，懂？】[1]

蔣禹赫：「……？」

在娛樂圈待久了，像今晚這樣，一個漂亮女人突然撞到自己身上來的事過去不是沒有發生過。

也正如此，蔣禹赫一直以為，女人留給自己的應該是曖昧的聯繫方式，怎麼都沒想到——竟然是一句提醒。

他不動聲色地把紙條收起，轉身，對黎蔓輕輕一笑，「當然要給你面子。」

說罷，一口喝了杯中的酒。

黎蔓漾了個耐人尋味的笑，「謝謝蔣總，那我也乾了。」

女人的唇貼上杯沿，眉目風情間也飲完了杯中的酒。

這一切，坐在暗處的溫妤都看到了。

這男人是傻嗎，怎麼還是喝了？！

難道是自己的大郎寫得太隱晦，他沒聽懂什麼意思？

不該啊，起碼有個藥字了，能坐到那個位置的人，這點危機意識都沒有？

尤昕看得不明就裡，「到底怎麼回事啊，你剛剛幹嘛去了？」

話音剛落，溫妤就看到一臉微醺的黎蔓和蔣禹赫離開了現場。

好傢伙，看來蛇蠍女人得逞了。

1《金瓶梅》中，潘金蓮下藥毒死武大郎。

溫妤嘆氣地搖搖頭，「我盡力了。」

尤昕：「？？？」

「等著吧，這幾天你們娛樂圈肯定會有個爆炸性的新聞。」

尤昕一頓，脫口而出：「你和沈銘嘉要結婚了？」

溫妤白了她一眼：「想什麼呢，我那麼恨不得嫁嗎。」

尤昕嘿嘿笑，「你們倆不是一直很好嘛。」

沈銘嘉是溫妤交往不到一年的男朋友，人在娛樂圈混，今年演了一部民國戲大紅，如今是炙手可熱的小生之一。

兩人雖然在交往中，可因為工作關係，沈銘嘉總在外地拍戲，這段戀情幾乎一直是遠距離狀態，每天靠微信和電話維繫。

「好也不代表要結婚，我才二十二，還早呢。」溫妤結束了這個話題，披上風衣，「走吧，去吃點東西。」

尤昕跟著起身，隨口道了句：「不是我多嘴，沈銘嘉現在那麼紅，你可得盯著他點。」

「這種事盯著就有用嗎，再說了，」溫妤挑了挑眉，指著不遠處幾個端著酒杯朝自己示好的男人說：「要盯也是他沈銘嘉盯我，本小姐可搶手了呢。」

尤昕笑著連連點頭：「是是是。」

音樂會還沒結束，兩人就提前退了場。

剛進電梯，另一邊電梯的門也開了。

出來的人是蔣禹赫，身後還跟了一個男人。

明明袖子上什麼都沒有，蔣禹赫卻不急不緩地用紙巾擦著，像是要擦去某種厭惡的氣味。

「都安排好了？」他問。

「是。」隨從拿出手機，點出一段即時監視錄影，「老闆。」

蔣禹赫低頭，瞥了眼畫面裡正糾纏在一起的香豔男女。

片刻，他丟了紙巾：「點到即止。」

「知道。」

總要讓這些不聽話的鳥兒知道，心比天高的代價是什麼。

回到天臺，蔣禹赫終於得空去尋找剛才的背影。遺憾的是，他找遍全場，都沒看到有穿黑絲絨裙子的女人。

以及那股特別的玫瑰木香，也徹底消失在了天臺的夜風中。

蔣禹赫又拿出那張字條。

——大郎。

他輕輕扯了扯唇，叫來負責人：「今晚所有邀請的嘉賓名單整理一份給我。」

和尤昕吃完宵夜溫妤就回了家，沖澡，保養皮膚，瑜伽，一樣不能少。

十一點整，電話響了。

溫妤都不用看就知道是沈銘嘉打來的。

兩人雖然遠距離，但一日三餐的問候，沈銘嘉從不缺席。

不誇張地說，比溫妤的姨媽還準時。

「寶貝，剛剛看天氣預報，明天江城降溫，你多穿點衣服，別著涼了。」

瞧瞧，多麼體貼的男朋友。

溫妤一個女人自認為都沒沈銘嘉那麼細心，她盤腿坐在瑜伽墊上問，「你還在哈市拍戲嗎？那邊都零下了吧。」

沈銘嘉嗯了聲，告訴溫妤自己拍戲的地方最近下了雪，風景很漂亮。

「你要照顧好自己，我還有大概一週就結束拍攝，到時候回江城看你。」

這本該是個好消息。

可當溫妤揚起唇畔，準備提前想像一下他們重逢的場面時，她忽然恍惚了下——

畫面沒勾勒起來。

主要原因是……

沈銘嘉長什麼樣子，她竟然一下子想不起來了。

這就離譜了。

溫妤心虛地掛了電話：「好的，到時見。」

然後拿出 **iPad**，找了部沈銘嘉主演的電視開始瘋狂補課。

遠距遠到模糊了男朋友的樣子，一時竟不知道是好笑還是心酸。

不過既然沈銘嘉還有一週就要回來，那給他的禮物就要趕緊去拿了。

半年前溫妤去京市玩的時候，HXX家剛好在那邊開了亞洲最大的旗艦店，設計師親自到場，溫妤是品牌VVIP，特地訂製了一款黑寶石袖釦，打算用來送給男朋友。

眼下沈銘嘉要回來了，袖釦也到了。

一切都好像天註定，時間剛剛好。

溫妤立即訂了第二天去京市的機票。

只是誰都沒想到，在隔天飛往京市航班的頭等艙裡，溫妤竟然再次遇到了蔣禹赫。

大郎兄看起來精神不錯，可能那藥真的代謝得快，他現在看起來完全不像顛鸞倒鳳瘋狂了一夜的樣子。

雖然昨晚自己告密很謹慎，這個男人應該沒看到她的臉，但避免麻煩，溫妤還是低下了頭，不想被認出來。

事實證明，她想多了。

蔣禹赫的位置在前排，坐下來後，根本沒注意身後坐了誰。

他和他的隨行團隊，幾乎包下了頭等艙的位置。飛機起飛後，溫妤就在後排聽他們討論工作上的事。

溫妤並不關注他們的話題，偶爾會偷偷打量一眼蔣禹赫的背影，在心裡八卦地續寫一萬字昨晚之後的劇情。

原本雙方可以一直這樣相安無事到落地，可飛行至一半時，不知是誰忽然提到了沈銘嘉的名字。

溫妤微愣，身體下意識坐正。

「沈銘嘉近半年的影響力不錯，他的團隊有意和亞盛合作，想把影視約簽過來，轉型螢幕發展。」

「拍《戎裝》那個沈銘嘉？剛拿了新人獎吧，風頭的確正盛。」

「現在簽是好時機，價格我可以去談。」

明明在誇沈銘嘉，但在溫妤聽來，就彷彿是在肯定自己的眼光。

幾個人在前排小聲討論著，她在後排也聽得舒服地翹起了唇。

可很快，溫妤自信的眼光就受到了質疑。

坐在前面的那位一直沒怎麼說話的大佬忽然悠悠開口。

「很普通，沒什麼特色。」他漫不經心道：「再等等。」

「……」

江城與京市相隔兩千多公里，三小時的飛行後，飛機順利落地京市。

因為那句完全在侮辱自己品味的話，溫妤已經單方面在心裡和蔣禹赫結下了樑子，飛機停穩後一秒沒逗留，第一個就踏出了機艙。

幾分鐘後，蔣禹赫搭著西裝外套出來，走到最後一排位置時忽然停下。

他又聞到了那種熟悉的香味。

很淡，轉瞬即逝。

跟在身後的人小心問：「怎麼了蔣總。」

不知道為什麼，那支特別的玫瑰木香，有種令蔣禹赫上癮的渴望感。像隔著一層神祕的面紗，摸不著，得不到，周而復始，念念難忘。

難忘到，在這樣的機艙，他都幻覺似的再次聞到了同樣的味道。

「沒什麼。」蔣禹赫清醒地搖了搖頭，「走吧。」

&

溫妤原本沒打算留宿京市，誰知一落地就收到航空公司的消息，晚上那班回江城的飛機因為天氣原因取消了。

剛好京市最近新開了一家五星級飯店，溫妤便直奔那裡，想先把晚上住的地方辦妥了再去專櫃拿袖釦。

誰知在櫃檯辦理入住的時候出現了問題。

溫妤的卡一直刷不過金額，工作人員反覆檢查了好幾次，最後抱歉地說：「小姐，您還有其他付款方式嗎？這張卡好像有點問題。」

怎麼可能有問題，溫妤昨天還用它買了機票。

不過眼下溫妤也顧不上去追究是怎麼回事，後面還有人排隊等著，剛好微信裡還有五十多萬的零用錢，訂下一套海景總統套房後還剩一萬多。

把行李送回房間，去專櫃的路上，溫妤打電話給銀行，客戶經理說：「抱歉溫小姐，您的副卡暫時被凍結了。」

溫妤：「為什麼凍結？」

「具體原因您可以聯繫一下主卡用戶。」

溫妤的副卡綁在父親的主卡上，她對金錢沒什麼概念，一直就這麼一張卡用著，想用就刷，從沒出過什麼岔子。

溫妤立刻打過去給父親溫易安，電話卻一直占線打不通。

車這時到了商場，溫妤只好先把事情放在一邊，想著會不會是自己之前去巴黎刷了太多東西，父親有意要她收斂一下？

HX的專櫃，SA熱情接待了溫妤，並拿出那對手工打造的黑寶石袖釦。

「太漂亮了，不知道哪位先生這麼幸運收到您的禮物。」

袖釦靜靜地躺在絨盒裡，不愧是工匠大師手工製作，每個細節都精緻考究，黑色寶石晶瑩剔透，沉穩大氣又不失奢華。

最讓溫妤讚嘆的便是袖釦背面刻的字母「J」。

隱祕而濃情地寫滿了她的心意。

這是溫妤第一次買禮物給男朋友，從設計到選材，傾注了很多心血。

沈銘嘉應該會喜歡的吧？

溫妤又笑著在心裡自問自答——敢不喜歡，她就拿去送給別的男人！

跟SA道謝後溫妤離開專櫃，正要坐自動手扶梯下樓，餘光卻無意中瞥到不遠處佇立在電梯前的一個身影。

是一個男人。

一個無論身形還是姿態都非常像沈銘嘉的男人。

可沈銘嘉不是還在哈市拍戲，要一週後才回去？

溫妤怕是自己看錯了，馬上改朝電梯那邊走過去，還沒等看清對方的正臉，那人已經進了電梯。

溫妤遲了一步。

溫妤覺得不太對勁，拿出手機打過去給沈銘嘉，可電話卻被掛了。

沒一會，沈銘嘉傳來一張吊鋼絲的照片：【拍戲呢寶貝，晚點打給你。】

溫妤皺了皺眉。

難道真是自己看錯了？

回飯店的路上，溫妤始終被一種奇怪的直覺驅使著。她第一次主動去搜尋了沈銘嘉的超級話題[2]，終於，在他粉絲發佈的行程裡，找到一張哈市粉絲送機的照片。

原來前天沈銘嘉就已經離開了哈市。

他在撒謊。

溫妤從小嬌生慣養，脾氣並不好，最不能接受的就是欺騙。她立即打算打給沈銘嘉問個清楚，可

2 新浪微博的共同興趣社群功能，以明星偶像為主，粉絲可以與明星互動。

在這之前，一通電話卻提前打了進來。

是父親的祕書周越。

雖然有些意外，但溫妤還是接了：「周祕書？」

電話那頭，周越的語氣略微沉重，「小姐，您現在在哪裡？」

溫妤看著窗外心不在焉地回：「在外地，怎麼了。」

周越頓了頓，「有件事我想告訴您，希望您聽完保持冷靜。」

「我知道。」車這時緩緩開到了飯店門口，溫妤正要問是不是父親準備控制自己的消費，卻從車窗外看到了意外的一幕，身體慢慢坐直。

飯店的旋轉門前，一對男女手牽著手從車上下來，儘管男人戴著帽子和口罩，但溫妤還是一眼認出，那就是沈銘嘉。

剛剛出現在商場的人。

他們親密地擁抱在一起，公然地，毫不避諱地。

這一刻，溫妤所有的自信和驕傲都被眼前的畫面擊碎了。震驚、憤怒、難以置信，種種情緒交織在一起，讓她的身體好像瞬間被什麼掏空了般。

忘了呼吸，忘了眨眼，忘了一切本能。

周越的聲音也在這時再次傳來，「小姐，你知道什麼？」

溫妤一動也不動地盯著狗男女，喃喃回：「我想殺人。」

周祕書不禁緊張道，「小姐你冷靜點，殺人是犯法的。」緊跟著又說：「不過就是公司破了產而己，您犯不著殺人啊。」

如果說沈銘嘉的劈腿讓溫妤的世界短暫地裂了一下，那周越的這句話直接讓她裂變形了。

她回神問周越：「你說誰破產？」

周越一愣，沉聲清晰地重複了一遍：「小姐，公司今天上午被強制執行破產了。」

「……？」溫妤覺得好像被誰打了一悶棍，滿腦門嗡嗡嗡地響。

怎麼可能。

這怎麼可能？

她拚命讓自己保持冷靜，「怎麼會突然破產，發生了什麼，我爸呢？」

「並不是突然，溫總從去年開始擴張國外的業務，期間出現了很多問題。因為對市場的預判錯誤，現在海外投資的業務全線崩塌，導致國內公司的資金鏈全斷，銀行也在催款。至於溫總……」

周越輕輕嘆了口氣，「公司現在情況很亂，溫總的私人電話暫時無法開放，他讓我轉告您，為了安全暫時不要回江城，等事情平息了再說。」

像是聽天方夜譚似的，半晌，溫妤難以置信地動了動唇，「這是愚人節的玩笑嗎。」

「小姐，我沒開玩笑。」周越繼續說著殘酷的事實：「現在溫總在國內的房產都會被列入拍賣用以還款，所有銀行帳號都被凍結了，所以您的副卡也會無法使用。」

「……」

她已經用不了了。

溫妤被動又茫然地接受著突如其來的變故，實在想不通，自己只是出來了一趟，怎麼又是被劈腿又是破產？

想起了什麼，溫妤忙道：「我名下所有的房子都可以賣了給我爸還債。」

周越沉默了很久，才艱難地說：「抱歉小姐，您名下的八套房產，除了富森街那套您正住著的，其他的都被溫總之前拿給銀行抵押了……」

「？？？」

好傢伙，溫妤直接好傢伙。

父女一場，做爸爸的還真是一點都沒客氣。

但溫妤一點都不意外。

溫妤很小的時候父母就離婚了，溫妤跟著父親，溫易安做生意從來都是膽子大，敢想敢做，前些年可能太過順風順水，導致他野心愈發膨脹。

溫妤一直勸他專注自己的建材領域，可他就是不聽，房地產、醫療、教育，他什麼都要插一腳。

現在好了，翻車了。

電話裡兩人無言了很長時間，一個深呼吸後，溫妤平靜道：「知道了，還有別的事嗎。」

周越沉默了幾秒，「沒了。」

沒了。

是啊，一天的時間而已。

溫妤什麼都沒了。

十二月的京市已經進入了冬天，風刺骨地冷，吹在臉上疼。

掛了電話，溫妤深深地吸了一口氣，之後機械麻木地走進飯店大廳。

她想回房間泡個熱水澡，她想躲起來，她想睡一覺醒來，發現所有的事都只是一場夢而已。

可櫃檯正在辦入住手續的沈銘嘉又把她拉回了現實。

溫妤這才想起，噢，她家破產了還不止。

她的男朋友還把她給綠了。

溫妤從包裡拿出口罩戴上，走到櫃檯假裝諮詢房間，一隻耳朵注意聽著旁邊的動靜。

櫃檯小姐客氣地對沈銘嘉說：「先生您好，這是您的房卡，二五〇五，祝您入住愉快。」

可能是最糟糕的事都發生了，到這個時候，被劈腿好像也沒什麼大不了了。

以至於連抓奸這種事，溫妤都是不慌不忙地先回房間換了身乾淨舒服的衣服，這才找上了門。

站在二五〇五門口，在知道自己即將面對什麼的時刻，溫妤的心竟然平靜到有幾分冷漠。

她抬手敲門，說是客房服務，沈銘嘉沒有任何防備地開了門。

他只掩開一點門縫：「不用了。」

順便往門上掛了一個請勿打擾的牌子。

可溫妤早已有了準備，搶先一步踹開門，「請勿打擾？沈先生在做什麼不想別人打擾？」

沈銘嘉措手不及往後退了兩步，臉色也跟著變了變，「溫妤？」

溫妤沒廢話，推開他直奔房內。果然，大床上躺著一個女人，被褥很亂地揉作一團，一看就知道剛剛這裡發生過什麼。

她譏誚地問：「怎麼，剛完事嗎。」

床上的女人警惕地裹緊被子，「你是誰？」

溫妤笑了，「是啊，我是誰。」

她轉身，抱胸看著沈銘嘉，「你不介紹介紹？」

沈銘嘉把溫妤往外拉，「有什麼出去說，別在這弄得大家臉上都不好看。」

「怎麼，你還知道自己有臉嗎。」她甩開沈銘嘉的手，「我以為你早就不要了。」

床上的女人聽到這也都明白了，馬上裹著被子下來，把沈銘嘉護在身後對溫妤說：「有什麼你衝著我來好了，是我先喜歡他的。」

現在的小三還挺講義氣。

「好啊。」氣頭上的溫妤想也沒想，反手一個耳光送給了小三，「滿足你。」

沈銘嘉一愣，著急地捧著小三的臉，「沒事吧？」

又急乎乎地轉過來責備溫妤：「溫妤你憑什麼打人？你永遠都是這樣，盛氣凌人、蠻橫無理，你是不是覺得有錢誰都要聽你的？」

溫妤的手火辣辣地痛，卻趕不上心痛：「沈銘嘉，你追我的時候可不是這麼說的。」

沈銘嘉可能覺得既然都被抓住了，也無所謂繼續裝腔作勢，「以前是以前，人會變的，你也會變不是嗎。」

溫妤起初沒明白他這句話的意思，直到他意味深長地暗示：「別說我沒提醒你，有在這跟我糾纏的時間，不如回去看看你那個馬上就要被掏空了的家。」

溫妤這才愣住——

他怎麼會知道自己家裡的事？

很快溫妤就反應過來，當初她和沈銘嘉認識就是透過公司一個高層介紹的，那人是沈銘嘉的親戚。

至此，她徹底恍然大悟。

從來沒有無緣無故消失的愛，只是過去他們愛情的奠基石如今沒了，她溫妤也就不配了。

沈銘嘉最後看了溫妤一眼，準備關門：「你走吧，我們完了。」

「等等。」得知真相的溫妤雖然腦子有些亂，但還是喊住了沈銘嘉，「我有句話想跟你說。」

畢竟也喜歡過，不至於一點情分都沒有。沈銘嘉頓了頓，「什麼話。」

「你過來我說給你聽。」

沈銘嘉便朝溫妤側了一點，還沒聽到半個字，兩胯之間就毫無防備地被女人的膝蓋狠狠撞了上來。

他頓時像蝦米似的曲起身體，面部扭曲地怒視著溫妤，卻痛得說不出一句話。

「完？」溫妤高高在上地，冷漠地看著這個男人，「你也配跟我溫妤提這個字？」

她一字一頓地說：「記好了，你才是被甩的那個。」

&

和沈銘嘉做了了斷，溫妤沒有回房間，她叫了一輛車，沒有目的地在城市裡晃蕩著。

司機見她神色不好，小心試探道：「小姐，沒事吧。」

溫妤聞言一笑，搖搖頭。

她只是想透透氣，儘快讓自己接受這一切罷了。

家裡出事，公司破產，渣男劈腿，有家不能回……

溫妤不知道自己現在還能去哪裡。

忽然想起了什麼，她打開微信。

溫妤這個人怕麻煩，平時消費都用那張副卡，眼下卡被凍結了，也就是說，她所有的流動資金都沒了。

微信裡原本還有五十多萬的，可惜訂了總統套房，現在只剩一萬多塊。

很少用的支付寶更慘，只有五塊錢。

說出去可能都沒人信，堂堂溫大小姐現在全身上下只剩一萬多塊錢。

溫妤看了眼已經五百多的車費，懊惱地趕緊要司機停車。

她探出頭看了眼，「這是哪？」

司機說：「花田夜市。」

「……」隨便吧，反正她也不認識。

溫妤下了車，原本只想打發時間逛一逛，可逛了會發現這個夜市還挺有意思。

二十五塊錢的牛肉麵、一百五十塊的羊毛衫、兩百二十五塊的小皮鞋，還有很多很多，是溫妤沒見過的便宜小東西。

而過去，這些東西從不可能進入她的世界。

溫妤就這樣一個人走著，最後在一個花壇旁坐了下來。

周圍是熱熱鬧鬧來往的人群，每個人臉上都掛著不同的神色，有手牽手的小情侶，有飯後出來散步的一家三口，也有十六、七歲還穿著校服的學生。

人類的悲歡並不相同。

溫妤從沒想過，自己擁有的一切，這麼輕易就沒了。

她仰頭看著烏黑的天。

一想起沈銘嘉輕蔑暗示自己回家看看的那個表情，溫妤拳頭就忍不住要硬。

原來那個在陽光下對著她笑，偷偷排隊為她買飲料，一日三餐耐心為她打卡的男人，從頭到尾都只是看在利益的面子上。

這不是劈腿，而是惡劣的欺騙。

可現在除了不痛不癢地打他兩下，溫妤什麼都做不了。

畢竟自身都難保了。

這時，一個不知從哪冒出來的大爺冷不防道：「姑娘，你是不是遇到了什麼難事啊，要不要算一卦。」

溫妤側眸，發現老爺子鬍子花白，左手拄著拐杖，右手揣著兩個大核桃，看起來很有精神。

……這個夜市的業務範圍還挺廣，連算命的都有。

她自嘲地搖搖頭：「沒錢，不算。」

「怎麼可能。」老頭捋了把鬍子：「我看姑娘你天庭飽滿，地閣方圓，骨骼清奇，唇紅聲清，明明是大富之相啊！」

「……」溫妤勉強點點頭，「今晚之前算是吧，但現在我已經破產了。」

老頭臉上閃過一絲尷尬，馬上又神采飛揚地說：「可你印堂發亮，山根豐隆，天倉地下室皆是飽滿之相，一看就是大富大貴的命格，依我看——」

溫妤眼神等了過去。

「破產只是你通往成功的必經之劫，只要跨過這一段，將來必定飛黃騰達。」

溫妤：「……」

黑暗中突然出現了一絲光亮的感覺。

她坐正，主動攤開自己的手掌：「仔細說說。」

老頭馬上從口袋裡掏出一張 QR code：「一百塊小算，兩百二十五塊詳解。」

溫妤猶豫了一秒，奢侈地選擇了詳解。

接下去的十分鐘，老頭唾沫橫飛地為溫妤分析了一遍她所謂的命格，什麼天干地支，癸亥大運……各種專業術語張口就來，聽得溫妤一愣一愣的。

「相信我，」老頭最後拍著胸脯總結，「只要過了今晚，你的福氣就來了，攔都攔不住。」

從夜市出來是一條不算寬敞的單行道，溫妤站在斑馬線上等綠燈，順便看著她剛剛另花一百塊請的一張好運符。

老頭子信誓旦旦的話還在耳邊迴響——

「一符在手，天下你有。」

好傢伙，一個敢吹一個敢信。

脫離了洗腦現場的溫妤逐漸回過味來，自己都笑了。

也是她今晚心情不好，急切地需要一個依賴的出口，才鬼迷心竅聽他吹了那麼久。

還浪費了幾百塊。

什麼過了今晚福氣就來，明明所有的困難都將從今晚開始。

我信你才有鬼。

綠燈轉換，溫妤低頭往前走，正準備找個垃圾桶把那破符扔了，一陣刺耳的剎車聲忽地由遠而近，快速到達身邊。

碰——

世界頃刻之間安靜下來，溫妤覺得自己好像變成了一團棉花，快速飄到空中又墜落。

腦中最後的記憶，是耳邊漸漸消失的聲音、刺眼的車燈、自己被撞出去的身體，以及朦朧中——

一個來到身邊的，男人。

溫妤好像跌入了深淵裡。

周圍是黑壓壓的一片，她什麼都看不見，身體不斷墜落。

她有些驚慌，伸手想去抓住什麼，卻什麼都抓不住。

就在渾渾噩噩下沉時，一個聲音叫著她的名字：「小妤……」

溫妤突然就被喚醒般，她努力睜開眼，看到眼前的一張臉逐漸清晰，又變得模糊。

「小妤，醒一醒。」聲音不斷喊著。

溫妤看不清那張臉，卻異常清楚地知道他是誰。

她拚命叫他的名字，「哥，哥哥……哥你別走，哥……」

可那個身影卻離自己越來越遠。

溫妤想要抓住他，卻都是徒勞，她掙扎著，猛然睜開眼睛清醒過來的時候，滿臉都是眼淚。

「醒了醒了。」有人在身邊喊。

溫妤茫然地看著冷白的房間，思緒還停留在夢裡。

有多少年沒有夢到溫清佑了。

她同父同母的哥哥，從小把她捧在掌心疼愛的哥哥。

父母離婚的時候鬧得很不體面，溫妤判給了父親，而哥哥溫清佑則被母親帶走出國，從此再沒有消息。

六歲的時候溫妤已經沒了一次家。

現在二十二歲，再次沒了。

這個夢溫情又殘酷，溫妤不想去想，思緒回到現實，她眨了眨眼，發現身體好像被固定住了。

再側過頭，才發現自己躺在病床上，而身邊，也整整齊齊站了好幾個人。

記憶這時才遲鈍地從大腦裡釋放出來，溫妤終於想起自己會在這裡的原因。

昨晚，就在算完命後沒多久，她被一輛車撞了。

真是信了那個老頭的邪，說好的福氣呢？

服氣才是真的吧？

浪費她三百五十塊。

「想要多少賠償。」一個淡淡的男聲忽然落在耳邊。

溫妤微愣，這才發現站在床邊的人除了醫生外，還有一個穿著高級西裝，身材出眾的男人。

等再看清那張臉，溫妤的心猛地撞擊了下。

是他？

是那個被仙人跳的大佬，蔣禹赫？

怎麼會是他？他在這幹什麼？

溫妤下意識地想要坐起來，誰知剛彎了下腿便感到了一股錐心的痛。

醫生忙攔住她：「唉你別亂動，你小腿嚴重挫傷，大面積瘀血，必須靜養。」

溫妤怔住，努力仰起上半身，還沒來得及看腿，餘光就看到自己鼻子上也貼著厚厚的紗布。

醫生馬上又補充：「鼻骨也挫裂傷，也要靜養。」

……？

溫妤呆呆地看了幾眼，而後無力地躺下去。

她是上輩子毀滅宇宙了嗎，韓劇都不敢把人編得這麼慘。

二十四小時內，破產，劈腿，車禍，一樣接一樣都不消停一下的。

站在蔣禹赫身邊的一個中年男人不安地道著歉：「小姐，昨晚的交通事故主要責任在於我沒看清楚綠燈，非常對不起連累你受傷。」

溫妤：「……」

明白了。

這人應該是蔣禹赫的司機，所以剛剛蔣禹赫才會開門見山問自己要多少賠償。

果然是做生意的，乾脆俐落不廢話。

溫妤忽然又想起老頭的話——

「過了今晚所有的難都會過去。」

這句話如果非要解，也是解得通的。

她遭遇一場車禍，卻可以因此拿到一筆賠償，而這筆錢，足以讓如今捉襟見肘的自己喘口氣。

代價是大了點，但勉強也算老天又給她開了一扇小窗吧。

溫妤盤算了下目前的情況，抬起頭，正準備開口跟蔣禹赫談一談，男人又說：「或者你有別的要求也可以。」

溫妤剛好對上他的視線。

隨即一愣。

……別的要求？

佬。

驀地，溫妤後知後覺反應過來——面前這個男人尤昕說過，是娛樂圈幾乎可以一手遮天的超級大佬。

關鍵字是什麼？

娛樂圈！

超級大佬！

沈銘嘉那個撲街都想要巴結簽約他的公司！

有什麼在溫妤心裡慢慢成形了。

她猛然清醒。

要什麼錢啊？她要的是挫沈銘嘉的骨揚沈銘嘉的灰，要的是讓他知道欺騙自己的後果，要的是為他的落井下石付出代價！

她要反轉自己的人生！

激動的心，顫抖的手。

一符在手，天下我有。

好傢伙，還好沒丟掉那個好運符。

蔣禹赫不就是老天送給自己最大的好運嗎？只要能抓住機會並合理運用，還怕收拾不了渣男？

溫妤好像打了一百支腎上腺素，腦子一波波的轉到飛起。

要成功，就先要有破釜沉舟的勇氣。

瞧瞧人家黎蔓，藥都敢下，她不玩那些陰的。現在她是車禍的受害者，必須想辦法利用這個優勢把兩人捆綁起來才行。

蔣禹赫見溫妤一直走神似的發著呆，皺了皺眉，「你叫什麼名字，住哪裡，或者我先讓人聯繫你的家人。」

家人？

腦中叮的一聲，溫妤找到切入點了。

「我的家人？」她回神般地看著蔣禹赫，終於說了醒來後的第一句話：「哥哥，你不是在這嗎。」

蔣禹赫：「？」

溫妤小心翼翼拉住他的袖子，聲如蚊吶：「我不知道跟他要多少賠償，哥哥，我想回家，我不喜歡住醫院，你知道的。」

蔣禹赫：「……」

病床前幾個人面面相覷，片刻後，醫生再一次對溫妤進行了檢查，全身的CT昨晚已經拍過了，除了小腿軟組織挫傷和鼻骨的傷外，其他部位都沒受傷。

最終，辦公室裡，醫生們會診後得出結論：

「這個姑娘鼻骨受傷，說明落地的時候腦部也受到了重創，雖然現在影像上看沒問題，但有一種創傷症候群不能忽視，就是類似現在這樣，認知和記憶出現混亂，比如忘了自己是誰，比如覺得蔣總您是她的親人，是她的哥哥。」

蔣禹赫皺著眉，「怎麼治？」

「這個暫時沒有太好的治療方法，以療養為主，等待身體的自我恢復和甦醒。」

「……」

蔣禹赫可沒這麼好的耐心去幫一個不認識的女人找記憶，更沒興趣去背一個哥哥的身分在身上。

從醫生辦公室出來，他正想打通電話給司機老何說自己先走，誰知老何已經推著溫妤等在辦公室門口了。

兩人像幽靈似的守在那。

蔣禹赫心裡操了一句媽。

他有被嚇到。

「哥哥你去哪。」溫妤輕輕柔柔地問。

「……」

蔣禹赫冷冷看了眼老何，老何一臉「我也沒辦法」的求饒神情。

蔣禹赫十點鐘還有會要開，早上出門前被鬼迷了心竅才會繞路來醫院看看這個被撞女人的情況，誰能想到就被纏上了。

看在是個女人，還受傷了的份上，蔣禹赫給足了最後一點耐心，「我出去一趟。」

溫妤嗯了聲，點點頭，「哥哥你去忙吧，不用管我。」

竟意外地沒有糾纏。

蔣禹赫頓了頓，不再說話，轉身離開。

幽幽的聲音又在身後響起：「哥哥，你走了是不是就不要我了。」

蔣禹赫腳下短暫地停了兩秒，但還是沒有回頭。

他走後，老何為難地哄著溫妤：「那啥，小姐你的手機呢？身分證呢？我幫你聯繫其他家人好嗎？」

他一提醒，溫妤才發現自己手機不見了。

昨天過馬路的時候手機是握在手裡的，一定是被撞後甩飛了出去，天黑，他們也沒注意。

至於身分證，還在飯店的包包裡。

溫妤現在必須打親情牌博取同情，所以裝失憶是必須的，如果讓他知道自己的名字和住址，就沒了留下來的理由。

雖然現在看來，她似乎也沒什麼把握能留下來。

剛剛那幾句話自己雞皮疙瘩都說出來了，然而蔣禹赫到底是沒什麼感情的資本家，還是說走就走，絲毫沒同情心。

「我什麼都不記得了，」溫妤無奈地搖了搖頭，「對不起，給你添麻煩了。」

老何撞了溫妤，本就對她有無限歉意，現在看到小姑娘竟然被撞到失憶忘了一切，連自己叫什麼都不知道。

太造孽了。

老何有個差不多年紀的女兒，是真的見不得這樣的場面。

「要不你跟我回去吧，我有個女兒可以和你作伴，你什麼時候康復了再走，好嗎？」

雖然把自己撞傷了，但司機是個好人，溫妤看得出來。

可她的目標是蔣禹赫。

司機幫不了她。

溫妤只能在心裡說一句抱歉，全力把自己演成了一個小可憐：「我現在只記得哥哥了，我也只相信他。」

老何：「……」

老何沒了辦法，只能盡力在床前陪著溫妤。吊點滴的時候，溫妤假借無聊借來了老何的手機。又趁他去上廁所的時候打了電話給飯店櫃檯，稱自己有急事離開了京市，房裡的行李暫時寄存飯店，會盡快去拿。

打完就刪了通話紀錄。

老何買了很多吃的給溫妤，當親生女兒般照顧著。晚上六點的時候，他接到一通電話。

「老闆。」雖然蔣禹赫並不在，老何的身形還是不由微躬著，充滿了尊敬。

不知蔣禹赫說了什麼，老何瞥了溫妤一眼，「老闆，可是……」

對方應該是沒給他繼續說下去的機會。

老何掛了電話，為難地看著溫妤：「小姐，我去幫你辦出院手續。」

溫妤猜到了什麼，但還是裝作懵懂的樣子：「是哥哥來接我了嗎？」

老何默了默，垂下頭沒說話。

其實溫妤的勝算不大，她賭的不過是蔣禹赫這種資本家九十九%的冷漠外唯一的那一%的善心而已。

從剛剛老何的神情來看，這一盤她應該是賭輸了。

如果溫妤沒猜錯的話，蔣禹赫已經為自己安排好了去處。

果然，老何的車從醫院開出來半小時後，停在了一所療養院門口。

裝修很溫馨，環境也很好，一看就是適合人養病的地方。

「小姐。」老何小心地把溫妤抱下車放在輪椅上，「你可以安心住在這裡，這裡會有專人照顧你。」

意料之中，情理之中。

蔣禹赫是個生意人，不是慈善家，更不是傻子，憑自己一點戲就動容收留。

溫妤輕輕嘆了口氣，雖然失望，但還是沒放棄，把苦情戲做了全套：「謝謝何叔叔，你轉告哥哥，我會一直在這裡等他的。」

溫妤知道，鬼才會來。

不是，是鬼都不會來。

老何有心無力，最終也只能狠下心來把溫妤交給了護理師，自己開車離開。

回去的路上，老何再次接到蔣禹赫的電話。

「都安排好了嗎。」

老何心還揪著，聲音澀澀的：「安排好了。」

蔣禹赫感受到了他語氣的低落：「安排好了還不滿意？」

老何本不想說的，到底還是沒忍住，

「老闆，那姑娘是真的可憐，一個人，不記得自己叫什麼了，也不知道家人在哪裡，她唯一就認得你是哥哥，還特別倔強，我走的時候她不肯進去，說等你去接她，我是真的狠下心才走掉的。都怪我啊，沒看好路，我造了大孽……」

蔣禹赫：「……」

老何在蔣家開了幾十年的車，雖說是雇傭關係，但到底有一份看著蔣禹赫長大的情分，否則不會他撞了人蔣禹赫幫忙擦屁股。

如今老何愧疚自責，蔣禹赫也好像被釘上了沒良心、冷血的標籤。

說到底，撞人的是他的車，如果老何要負主要責任，他這個坐在上面的老闆也有次要責任。

掛了電話，蔣禹赫莫名有些心煩，尤其是女孩醒來時滿臉淚痕的畫面，一直在腦海中重播。

當時她一直在叫哥哥。

或許哥哥真的是她最信任的人。

也不知道搭錯了哪根神經，本該右轉的路口，蔣禹赫沒有停留，直直朝前開了出去。

那是去往療養院的路。

一刻鐘後，蔣禹赫的私家車停在了郊區的療養院門口。

直到刹車靠邊停好，蔣禹赫都沒明白自己改道而來的意義。

做什麼，難道他真的要做個好人，收留一個完完全全不認識的女人？

蔣禹赫落下半截車窗往外看，療養院環境安靜，不過晚上九點，門口幾乎沒什麼人流走動了。

老何怎麼說的——

「那姑娘不肯回去，非堅持等你去接她。」

可現在門口哪來的人。

她還不是妥協進去了。

所以說，老何的擔心根本就是多慮，人都是因地制宜的高等動物，怎麼可能這麼晚了還在門口傻等著。

蔣禹赫莫名鬆了口氣的感覺，他收回視線，從口袋裡摸了支菸，剛點燃就聽到有人咚咚在敲他的車窗。

他一回頭，嘴裡的菸差點沒咬住。

溫妤坐在輪椅上笑瞇瞇地揮著手：「哥哥，你來啦？」

第二章　哥哥火熱的心

可能是早就打算好不要溫妤這個包袱，蔣禹赫讓人弄來的輪椅都是最高級的那種，全自動，出行完全自如。

療養院裡大多都是六十歲以上的老年人，唯獨溫妤一個年輕人違和地混在裡面。她用醫院的公用電話打了通電話給父親，發現還是關機。

只好打過去給周越問了問情況，順便告訴他自己現在在京市，很安全。

老人們打牌的打牌，下棋的下棋，溫妤融入不進去，便趁護理師不注意時離開了病房。

原本想出來透透氣，可附近商業都關店了，溫妤草草轉了一圈就往回走，剛自動駕駛到拐角處就看到療養院門口停了一輛黑色豪車。

能在這裡養生的都是有錢人，有豪車出入並不稀奇。

溫妤原本沒在意，可就在一瞬間，她忽然產生了某種奇怪的直覺。

會不會是蔣禹赫？

雖然有點癡心妄想，但溫妤還是悄悄湊近了看過去。

車窗半降，煙霧氤氳往外，昏黃路燈溫潤斜照進車內。

溫妤清清楚楚地看見男人的側臉。

如同那晚在音樂會上的第一眼。

冷傲，銳利，不近人情。

不，從他出現在這裡的這一刻起，不近人情這個標籤可以去掉了。

溫妤知道自己的破釜沉舟可能已經成功了一半。

果然如她所料，蔣禹赫看到她後，雖然最初幾秒是有些意外，但很快便恢復了冷漠的表情。

沒有任何開場白地鋪陳，他很直接：「上車。」

溫妤兩手空空地來，如今當然也可以兩手空空地走。

她克制著內心的激動，努力操控著輪椅去了副駕駛，還沒來得及開門，蔣禹赫降下副駕的車窗提醒她：「坐後面。」

說這話的時候，他甚至連頭都沒捨得轉過來一下。

「……」

溫妤只好退到了後座。

她打開車門，努力試著單腿支撐身體移動到車內，這麼做也不是不可以，只是難度有點高，傷到的那條腿會被牽扯到痛處罷了。

她在嘗試的過程中偷偷瞥了眼蔣禹赫。

男人一動不動坐在前面，根本沒關心身後的她能不能自主上車。

溫妤雖然不知道讓蔣禹赫改變主意又來療養院的原因，但她很清楚這時候必須見好就收，萬一稍不順心觸怒了他，收回那一％的善心，那就前功盡棄了。

於是咬著牙，雙手撐著車門，努力讓自己坐到了後座。

「哥哥。」她扣好安全帶，小心試探，「能不能幫我收一下——」

「輪椅」兩個字還沒說出口，車已經發動飆了出去。

沒錯，是飆。

溫妤一個狼狽後仰，還沒坐穩就聽到前面的男人在跟誰打著電話：「人我帶走了，把留在門口的輪椅送到我家。」

OK你厲害。

也是，人家這個地位這個身分，怎麼可能親自去收輪椅。

這要換成過去的自己，也不可能。

想到這裡溫妤又有一點悲傷。

物是人非，誰能想到溫家大小姐竟然淪落成了江湖碰瓷騙子。

蔣禹赫開車挺野的，隨隨便便一腳油踩滿，尤其是開到一條沒什麼人的大路時，溫妤覺得自己好像要起飛了。

換了其他人，可能會不習慣，會害怕，甚至出現噁心想吐的情況。

開玩笑，溫妤是誰。

江城超跑俱樂部扛霸子一姐。

蔣禹赫只是把跑車開成了飛機而已，她可是當飛船開的。尤昕每次坐她的車前都會檢查一遍自己的保險在不在有效期內。

所以即便蔣禹赫是有心還是無意把車開成這樣，對溫妤來說都不是什麼事。

但現在的她不是溫妤，是柔弱失憶的妹妹。

「哥哥……」溫妤怯怯地抓緊了安全帶，「你慢點，我害怕。」

蔣禹赫面無表情地從後視鏡裡瞥了她一眼，然後——直接把油門踩到了底。

溫妤瞬間被加速的衝力按在座椅上。

……啊，刺激！

這種嘴上喊害怕心裡爽到起飛的快樂一直持續到回了蔣禹赫的家。

三層樓高的複式別墅，跟溫家主宅那間差不多大。

蔣禹赫把車開到地下室，溫妤暗中打量著，忽然聽到他淡淡一句：「下車。」

她愣了下，坐直。

這怎麼下？她小腿還腫著呢。

「哥哥，」溫妤趕緊叫住已經先下了車的蔣禹赫，「你扶我一下。」

蔣禹赫回頭。

溫妤：「我沒有輪椅啊……」

然而男人並沒有因為她是朵瘸了的嬌花就憐惜，冷冷看了一眼便扭頭走了。

了。

溫妤：「……？」

就算我是個普通路人，你也不好就這樣把一個行動不便的人丟下不管吧？何況還是你的車把我撞成這樣？

所以別人餵你喝藥不是沒有原因的！

溫妤氣得不行，又無可奈何。

偏偏她也是個不肯服輸的人，你蔣禹赫看準我不能走是不是，我偏要走給你看。

溫妤打開車門，手撐在上面，先踏出一隻腳踩在地面，接著努力單腿站起來。是有點不穩，但也沒有想像的那麼難。

溫妤就不信自己單腿跳不進他蔣禹赫的家門！

她深吸一口氣，就這樣一條腿懸空，另一條腿蹦著往前走。

剛蹦出三步，地下室的電梯門開了。

蔣禹赫從裡面出來，手裡還推了一個輪椅。

四目對視。

蔣禹赫：「？」

溫妤：「……」

這走向讓溫妤始料未及，更可怕的是，因為這一秒對視的分神，她努力保持的平衡被打破了。

她開始左右跳，前後跳，前後左右交叉跳。像極了一個吃了含笑半步癲的彈簧。

而且，彈簧一發不可收拾地向蔣禹赫彈過去了。

他媽的快扶一扶我啊！

你有沒有心？

啊啊啊要摔了要摔了要摔了！

就在溫妤單腿支撐不住身體力量快摔倒在蔣禹赫面前時，男人終於大發慈悲地伸出了手。

雖然只是輕輕帶了一下她的手臂，把她拽到了輪椅上坐下。

溫妤：「……」

你怎麼不坐下來吃頓飯洗個澡再來扶我？

雖然心裡氣到罵爹，但溫妤面上卻還是不得不做出一副心有餘悸的樣子：「謝謝哥哥，還好有你在。」

然而蔣禹赫對她的道謝毫無反應，兩人同坐直達室內的電梯，到一樓後他抬腳輕輕一蹬，等溫妤被慣性送出去後又關上門，消失不見。

溫妤：？

大哥你把我送哪裡來了？

你不管售後服務的嗎？

溫妤茫然在空蕩的客廳待了五分鐘後，才來了一位自稱十二姨的年長婦人。

「小姐，少爺安排你住在一樓客房，少爺要你專心養病，有事可以直接吩咐我。另外沒事不要到處亂走，尤其是二樓少爺的臥室和書房，你清楚了嗎。」

……蔣少爺你會不會想太多。

書房就罷了，你憑什麼覺得我會想要去你的臥室？

不過這樣的約法三章溫妤早有心理準備。

今非昔比，溫妤寄人籬下，還是碰瓷來的，即便是個三等公民的待遇也認了。

她很配合地點頭：「謝謝你十二姨，對了，你能不能給我找兩套換洗的衣服，還有……」

溫妤需要一支手機。

可跟一個阿姨提這個要求又似乎不太合適。

最終，溫妤還是把話收了回去，改成——

「可以先扶我上個廁所嗎。」

十二姨瞥了她一眼：「我只伺候少爺。」

然後冷漠地揚著下巴走了。

好傢伙，大佬的傭人都比別人家的酷。

不扶就不扶吧，自己慢慢挪動也不是多難的事。

客房裡的盥洗用品都是全新的，關上門，溫妤環顧四周。

兩、三坪的房間，除了一張床和基本的衛生設施，什麼都沒有。

符合三等公民的住宿條件。

溫妤摸了摸自己的傷腿，看似嘆了一口悲傷的氣，卻在氣息沉下來的那一刻，閉著眼睛躺到床上笑了。

顫抖吧沈銘嘉，就算破產了，本小姐也會告訴你，什麼叫身分，什麼叫體統！

十二姨把人送到房間就去了二樓跟蔣禹赫回報。

「除了衣服，沒要別的？」

「她好像本來想要什麼，後來想了想又沒開口，可能是不太好意思吧，年輕女人需要的生活用品還是挺多的。」

蔣禹赫揉著額停頓片刻，「知道了。」

把外套丟到床上，他靠在沙發上閉了好一會眼。

江城發生的事並不體面，蔣禹赫搶佔先機阻止了一場醜陋的大戲，回來的這幾天多的是為黎蔓來求情的。

那又怎麼樣。

他從來不是一個講情面的人。

可想起樓下那個莫名其妙住進來的女人，蔣禹赫又覺得好像在自己打自己的臉。

他闔眼，疲乏又煩躁地解開襯衫鈕釦。驀地又想起了什麼似的，起身去書房打開了電腦。

音樂會所有嘉賓的邀請名單工作人員早就寄到自己信箱了，只是回來江城的這兩天一直很忙，他還沒來得及去看。

嘉賓一共是三十位，其中大部分都是娛樂圈的，他當晚也都見過。剩下不到十位來自其他領域嘉賓的資料，工作人員也都全部整理了。

六男四女，四個女性裡又有兩個是中年，剩下的兩個年輕女性，一個是外籍，留金色短髮，還有一個是江城小有名氣的名媛，叫趙文靜。

從照片上看，身材和當晚的神祕女人很接近，尤其兩人都留一樣的長髮。

只是，長得和想像中不太一樣。

無論如何，蔣禹赫暫時記下了這個名字。

&

第二天一早，礙於自己寄人籬下的現實，三等公民溫妤早早起床準備拍個馬屁送蔣禹赫上班。

其實是她尿急了，淩晨五點多醒來，笨手笨腳地去了趟廁所後就怎麼都睡不著了，剛好聽到隔壁十二姨起床，乾脆勤快點，去幫幫忙打好內部關係。

原以為十二姨六點多就起來做早餐，這位少爺肯定也是個早起的，誰知溫妤不動如松地在客廳坐到早上八點半，太陽都完全曬進了客廳裡，樓上還一點動靜都沒有。

等待的時間裡，療養院那邊的人把輪椅和一些口服外用的藥送過來了。

溫妤又換上了自己的新輪椅，昨晚的那部舊輪椅也從十二姨那得知是蔣家老太太用的，老太太眼下跟大孫女在國外度假療養，過段時間才回來。

原來蔣禹赫還有個姐姐。

溫妤暗自想，自己必須在姐姐回來之前解決了沈銘嘉。

畢竟這戲演得了一時，演不了一世，人越多越容易出紕漏。

終於，九點出頭的時候，蔣禹赫下樓了。

敞開的黑色西裝外套裡面，依舊是黑色的襯衫。

跟這個家的黑白灰裝修風格一樣，這個男人身上找不出一點彩色的陽間顏色。

讓人覺得極難接近。

雖然腦中思緒翻湧，但當腳步聲走到面前時，溫妤一秒無縫切換職業迎賓臉：「哥哥，早上好。」

然而蔣禹赫看都沒看她，更沒有停留，只對十二姨說了句「早餐不吃了」就走了出去。

被完全忽視的溫妤張了張嘴，有些尷尬。

這麼下去也不是辦法，就算住進來了，蔣禹赫和自己完全零交流，大腿也等同抱了個寂寞。

正盯著男人背影想辦法，溫妤忽然瞥見他身上有東西掉了下來。小小一粒在地毯上，泛著金屬光澤。

她愣了下，馬上遙控輪椅上前，發現竟然是一枚袖釦。

機會可不就來了嗎。

溫妤立刻推開門追上去。

或許是家裡有老太太坐輪椅的原因，別墅大門斜側有滑坡，溫妤順利滑過去，眼看蔣禹赫要上車，她忙喊了聲：「哥哥，你東西掉了！」

蔣禹赫身形一頓，看過來。

前排的司機老何驚訝道，「老闆，你把姑娘帶回來了？」

站在旁邊的保鏢厲白也看了眼自己的老闆。

溫妤沒注意這兩人表情裡共同的微妙，操控著輪椅來到蔣禹赫身邊，把袖釦遞給他：「掉在門口地毯那裡了。」

自知這是一個拉近距離的機會，溫妤主動捏住男人的袖口，「我幫你戴上吧。」

當初為沈銘嘉訂製袖釦的時候，溫妤提前學過怎麼戴袖釦。

她幻想過很多次自己為男朋友第一次戴袖釦的樣子，如今那些心思卻都用在了眼前這個男人身上。

原來幫男人戴袖釦是這樣的感覺……

想到這些，溫妤有些傷感。

第一次就這樣沒了。

希望面前的男人要知道感激才好。

抱著這樣的祈願，溫妤壓緊袖釦，抬頭微笑，「好了。」

蔣禹赫垂眸看了眼。

溫妤等著他開口。

隨便說點什麼都行。

然而半秒後，男人一個字都沒說，直接彎腰進了車內，關門關窗走人一氣呵成。

吃了一嘴車尾氣的溫妤：「……」

錯付了。

「亞盛」是目前國內最大的娛樂集團，一九九〇年初就創辦了，如今到了蔣禹赫手裡更是一家獨大，整個集團幾乎壟斷了國內的電影電視、藝人經紀、娛樂行銷等所有與娛樂相關的領域。

九點半，蔣禹赫從電梯裡出來，祕書立即迎上去，邊走邊羅列了今天的工作：「十點巨星傳媒的收購會議，十二點約了青禾集團的高總吃飯，下午兩點公司明年的重點ＩＰ篩選會，四點廣告部總監的面試，四點半約了喜魚影音的負責人，七點還要參加京市電影節的頒獎典禮。」

像這樣密密麻麻的行程，蔣禹赫已經習慣了。

他推門進入辦公室，發現有人早已坐在了沙發上。

祕書無奈解釋：「對不起蔣總，我怎麼勸他都沒用。」

「知道了。」蔣禹赫關上門，並未動怒。

來人是黎蔓的經紀人，也是公司的員工之一。

「蔣總，」他局促卑微地站起來，「蔓蔓不懂事，能不能再給她一次機會。」

「她不懂事，你也不懂事嗎，」蔣禹赫從他身邊走過去，聲音很輕，卻透著迫人的陰冷，「你的職位直屬亞盛經紀，上面有經理有總監，誰給你的權利坐到我辦公室來。」

「我，我只是想求求您，晚上的頒獎典禮不要讓她太難堪好嗎，蔓蔓好歹也是您一手捧出來的啊。」

「那又如何。」蔣禹赫抬起頭，懶懶靠在椅背上望著他：「我既然捧得出去，就收得回來。」

「您捨得？」

「是她主動放棄自己的價值。」

「……」

經紀人幾欲開口爭辯，但也心知自家藝人這次的膽大妄為實在難以挽回，蔣禹赫是怎樣的一個人圈中人盡皆知。

他從來不會給犯錯的人第二次機會。

知道再也沒有轉圜的可能，經紀人黯然離開了辦公室。

蔣禹赫冷眼看他關上門，正想撥內線找祕書，卻不小心看到手腕處的袖釦。

動作微微一頓。

那個女人指尖的溫度和觸感，忽地就這樣襲了上來。

良久，意識到自己在為一個袖釦而走神，蔣禹赫皺了皺眉，覺得有些荒謬。

他移開視線，撥了祕書的電話，「把巨星傳媒去年三四季度的財政報表整理一份拿進來。」

「好。」

通常蔣禹赫說完就會掛，可今天卻久久沒動靜。

祕書也小心翼翼接著。

似乎是思考了很久，男人才說：「還有，讓厲白去幫我買點東西。」

&

上午蔣禹赫離開後，溫妤吃了點東西也回了自己的房間。

那些被塑身瑜伽、精緻SPA、下午茶、各種party圍繞的日子過去了。

現在的三等公民只配在房間發呆思考人生。

於是溫妤開始盤算要找什麼藉口去一趟飯店拿包包，主要是裡面的身分證。

因為飯店那邊雖然答應幫忙保存，但也只答應了兩週的期限。也就是兩週內，溫妤必須去一趟飯店。

靠著想這個問題過了一天，傍晚的時候十二姨來叫溫妤，說是老何過來了，還幫她買了很多東西。

溫妤愣了愣，坐著輪椅來到客廳。

桌上零零散散各種大包小包，裡面分別放著衣服，還有一些保養品和女生的衛生用品，看得出來是細心採購過的。

老何說：「我請了半小時的假，馬上就要走，這些都是照著我女兒的喜好買的，姑娘你看看，不合適就告訴我。」

「……」

溫妤莫名鼻頭有些酸。

雖然老何買來的都是些普通品牌，可他這個舉動或許是這些日子以來溫妤接收到的最大的溫暖。

她掩飾著心裡的酸楚，笑著說：「很合適，謝謝何叔。」

老何匆忙交代了幾句就走了，溫妤抱著大包小包回了房間，在整理的時候意外發現，包包裡竟然還有一支新手機！

雖然是一支很普通的智慧型手機，但已經裝好了卡，上手就能用。

這太驚喜了。

溫妤立刻打開手機，沒多久就收到了一則訊息。

【你好姑娘，我是老何，這是我的號碼，有事你直接打給我。】

溫妤很高興地回了個ＯＫ給他。

無聊的生活也一下子變得鮮活起來。

溫妤迅速用新手機號碼申請了新的微信，然後加了尤昕。

尤昕看到驗證訊息是「溫」後立刻通過，緊接著對這個陌生帳號傳來一串問號。

【你是誰？】

溫妤難得還有閒情開玩笑：【你還勾搭了別的姓溫的？】

尤昕那邊一直顯示輸入中，過了好一會才傳來滿螢幕的驚嘆號。

【你去哪了祖宗！我傳了幾十則微信、打了幾百通電話給你都沒消息，快急死我了！】

還不等溫妤再回過去，尤昕立刻打來了視訊電話。

「你在哪？你沒事吧？你知不知道我都快幫你貼尋人啟事了！」

從前兩人在一起玩的時候都是溫妤罩著尤昕。尤昕家境一般，在江城上流圈經常被人笑是溫妤的跟班，靠巴結溫妤才混進圈，但只有溫妤知道，尤昕是真的對她好。

比如現在，傻丫頭眼眶都紅了。

溫妤喉頭泛澀，卻故作平靜，「沒事，我能有什麼事。」

「她們都說你說不定想不開了，把我嚇得要死。」

「她們？」溫妤皺眉，「誰啊，這麼希望我想不開。」

「還不是趙文靜她們，你家出事的消息爆出來後，巴結趙文靜的那幫人都不知道要怎麼笑你，天天去你家樓下堵人，還說你電話都不敢接。」

「……」

這些溫妤早就想到過，一朝從風光高處跌落，總少不了落井下石看笑話的人。

沈銘嘉都如此，更何況他們。

見溫妤沉默著沒說話，尤昕一急，又問：「那你現在到底在哪啊？」

溫妤回神頓了頓，「我在……一個朋友家裡。」

「朋友？」

「外地的，你不認識。」

「那就好。」尤昕終於鬆了口氣，「你就先在那邊住著吧，回來也煩心，等事情平息了再說。」

掛了視訊後，尤昕轉來了二十五萬塊給溫妤：【你先用著，不夠我拍戲養你。】

不知怎麼，溫妤看著又想笑又想哭。

以前她也總跟尤昕說類似的話——別拍戲了，我有的是錢養你。

沒想到風水輪流轉，也輪到閨蜜養自己了。

可溫妤知道尤昕自己都過得很艱難，她現在住在蔣禹赫這，起碼養傷的這段日子是不需要花錢的。

等腿好了，再不濟，她還有一輛跑車和一棟房子可以變現。

所以，又何必去拖垮閨蜜。

這錢溫妤最終沒收。

和尤昕聯繫上後，溫妤才終於在這彷彿兵荒馬亂的日子裡找到了一點精神寄託。

她上網輸入了溫家公司的名字，果然，破產的消息是兩天前，也就是自己被撞那晚爆出的，江城一片譁然，嘲笑與譏諷的都大有人在。

牆倒從來都是眾人推的。

溫妤如今也算看盡世態炎涼，因此那些難聽譏諷的話她草草看了兩眼，並沒往心裡去。

無聊待了一晚上，溫妤一直沒等到蔣禹赫回來，心想正好少拍一頓晚安馬屁，便坐著輪椅來到客廳，本準備倒杯水喝了睡覺，忽然看到十二姨風風火火從房裡出來，拿著一雙男士拖鞋站到門口。背脊挺得筆直，姿態畢恭畢敬。

兩分鐘後，她拉開大門：「少爺，歡迎回家，現在是晚上十一點三十五分，室內溫度二十二，濕度七十%，今晚為您準備了杏仁蛋白茶，養生清淡不膩口。」

「……」

這陣仗，溫妤差點以為是哪位國家首領大晚上來訪問蔣家。

那頭，兩個男人一前一後走了進來。

除了蔣禹赫，另一個溫妤早上見過，是他的保鏢厲白，這時手裡還提了一堆五顏六色的購物袋。

很快，走近的蔣禹赫看見了溫妤。

男人目光銳利又清冷，溫妤和他對視了幾秒便敗下陣來。

主要還是心虛，好像多看幾眼，就能被對方發現自己不可告人的祕密似的。

溫妤咳了聲掩飾自己的不自然，主動打招呼：「哥哥回來啦。」

蔣禹赫在沙發上坐下，低頭扯著領帶，沒回應。

溫妤便也自覺地閉了嘴，彎腰繼續倒水。

接著就聽到了兩個男人的對話。

「黎蔓那邊有消息了，人沒有大礙。」厲白說，「但現在打電話來問的媒體很多，老闆打算怎麼做。」

聽到這個名字溫妤一頓。

黎蔓？

那個蛇蠍女人？

溫妤一直不知道音樂會那晚最後發生了什麼，八卦之心讓她的動作悄悄慢了下來，想要聽個後續。

然而下一秒蔣禹赫漫不經心的話卻嚇了她一跳。

「當紅明星公寓自殺，足以完成整年KPI的新聞，誰家不想搶頭條。」

溫妤驚了。

自殺？

「她既然想鬧大，」蔣禹赫的語氣不僅沒有同情反而還帶著幾分嘲諷，「我就滿足她，有多大鬧多大，也算盡了她最後一點價值。」

對話停在了這裡。

溫妤滿腦子陷在震驚中，直到「喂」的冷冷一聲。

蔣禹赫側身過來看著她，「你在幹什麼。」

溫妤這才猛然回神，發現接的水已經漫出杯子很多，甚至弄濕了地面。

她趕緊收手，「對，對不起哥哥。」

溫妤有些語無倫次，還好厲白遞了些紙巾過來，暫時緩解了她的手足無措。

迅速平靜下來，溫妤也運轉出了一個完美藉口，她把輪椅滑行到蔣禹赫面前，小聲道：「我就是想等哥哥你忙完了問一下，明天我要去醫院回診換藥，你有空陪我嗎。」

蔣禹赫淡淡掃了她一眼，正想說什麼，忽然看到她放在輪椅收納盒裡的手機。

他一頓：「哪來的。」

「什麼？」溫妤一時沒反應過來。

「手機哪來的。」

溫妤啊了聲，「是何叔給我的，何叔下午來過，幫我買了很多生活用品和換洗衣服，還有這支手機。」

……

說完停了下，發自內心地感慨：「何叔這個人心地真好。」

空氣忽然安靜。

幾秒後，蔣禹赫轉了過去。

沒說話。

厲白也咳了聲，假裝什麼都沒聽到似的低著頭，身體卻暗中往後靠了靠，遮住了方才提進來的那些彩色袋子。

氣氛莫名有些詭異，溫妤也說不出哪裡來的詭異。

她不知道蔣禹赫在想什麼，頓了頓，只好自己想辦法熱場子，主動拿出手機：「哥哥，不如我們交換手機號碼吧，你無聊了我可以陪你聊天。」

又是幾秒的冷場。

厲白不語，只暗中觀察蔣禹赫的表情。

男人目光微垂，眼裡淡涼如水。

半晌才開口——

「沒這個必要。」

「我也沒有無聊的時候。」

好歹也是曾經的天之嬌女、江城千金、名媛之首，溫妤萬萬沒想到，生平第一次和男人要號碼竟然是這個結果。

這一定是老天在考驗自己的誠意，溫妤自我安慰。

OK的，不是什麼大事。

經歷過破產劈腿車禍的自己難道連這點挫折都接受不了嗎？

不給就不給，我也很高貴。

溫妤點點頭，「那好吧，我回去睡覺了，哥哥晚安。」

回房間後沒多久，溫妤突然收到尤昕傳來的消息：【厲害啊，上次你說圈裡會有大新聞，我還以為你開玩笑呢，你怎麼知道黎蔓會自殺的？你是不是知道什麼內幕啊？】

溫妤愣了下，搜尋微博才發現，今晚京市舉行的電影節頒獎典禮，原本最佳女演員大熱人選的黎蔓，最後竟輸給了一直以來的死對頭。

頒獎結束後兩小時，疑似黎蔓自殺的消息就傳遍了網路。

溫妤不知道怎麼回尤昕。

當初她以為的大新聞，應該是黎蔓爆出資本大佬與她強制發生關係，誰能想到演變到現在，竟然是黎蔓自殺？

這是全面壓倒性的反轉啊……

溫妤不知道這中間發生了什麼，但她可以唯一肯定的是，黎蔓玩翻車了，蔣禹赫這個可以掌握藝人命運的資本家，用一切手段收回了屬於她的榮耀。

大郎他，狠狠地教訓了大膽的金蓮。

而她鈕祜祿溫妤，也想這樣狠狠地教訓渣男沈銘嘉。

一想到擺在眼前的成功案例，溫妤頓時信心百倍，剛剛在蔣禹赫那吃的閉門羹似乎也沒那麼在意了。

人家是金手指嘛，有點個性有點架子是正常的。

最起碼今天他們成功對話了，這是一個好的開始。問題不大。

&

第二天是醫生叮囑溫妤換藥的日子。

她的小腿是嚴重的軟組織挫傷，當時敷了藥壓制瘀血，四天過去，到了回診和換藥的時候。

昨天問蔣禹赫會不會帶自己去醫院的時候男人沒回，雖然知道希望不大，但溫妤還是很早就起來，在樓下客廳坐著。

等的時候順便滑了一下微博。

黎蔓自殺的消息已經鬧得沸沸揚揚，某媒體甚至做了專欄報導，且標明是「獨家」。

這世道，從來沒有免費的獨家。

溫妤想起昨晚蔣禹赫說的那句「盡掉她最後一點價值」，好像明白了什麼。

八點半的時候，蔣禹赫懶懶從樓上下來，溫妤馬上收起手機。

「哥哥早呀，」她乖巧地遞上一杯美式，「我為你泡的，你嘗嘗。」

溫妤昨晚花了好幾小時在網路上看了關於蔣禹赫的採訪和報導，從各種資訊裡搜集到了他的一些日常喜好。

比如，他早上喜歡喝一杯美式，這樣可以保持頭腦清醒。

剛好溫妤以前在國外上學時經常自己煮咖啡，馬上就安排上了。

蔣禹赫看到咖啡的時候眼神不經意地動了下，但並沒有表現出很意外的樣子。

他很平靜地端起來喝了一口，再平靜地放下。

十二姨端上早餐，兩人沒有任何交流地吃完後，老何分秒不差到了別墅。

溫妤看到蔣禹赫起身去玄關，馬上也遙控著輪椅跟上去，「哥哥再見，路上注意安全。」

誰知男人回頭看了她一眼——

「還不換鞋？」

溫妤：「……？」

驚喜來得太快，溫妤不敢相信自己只是換個藥而已，竟然驚動了蔣禹赫、老何、厲白三個人陪著一起來到醫院。

沒破產之前她也沒這麼大架勢。

溫妤有點受寵若驚，一路都在思考要不要說點什麼表示表示，然而等車開到醫院的時候，她才發現，自己又他媽想多了。

停車場，老何扶著她下車，「姑娘，我陪你去換。」

溫妤看著蔣禹赫愣了愣，「哥哥你呢？」

蔣禹赫掐滅手裡的菸，和厲白轉身上了另一側的電梯：「我還有事。」

溫妤：？？？

就知道你沒這麼好心！

無奈之下，溫妤只能由老何陪著去了傷口換藥室。

同時，這家醫院的住院部九樓，今天被全面清場。

只因為昨晚這裡住進來了正當紅的明星黎蔓，而且還是帶著自殺這樣的熱度住進來的。

記者們包圍了醫院，卻因為沒有允許而不得入內。

蔣禹赫作為黎蔓所屬公司的負責人，一大早就被媒體送上了頭條。

#亞盛總裁親臨病房看望黎蔓#

病房裡，經紀人被請出去了，只剩蔣禹赫、厲白和黎蔓三人。

沒有外人在，大家也沒了演戲的必要，各自敞開天窗說亮話。

「蔣總真是會做生意，不知道我的獨家新聞這次賣了多少錢。」

蔣禹赫拉了張椅子在她病床前坐下，雙腿輕輕交疊，「你想上頭條，我滿足你而已。」

「我現在才終於明白，」黎蔓側過臉看著他，「資本最是無情，這些年我為你賺了多少你心知肚明，我不過是想要一個角色而已，你捧其他人就算了，現在連屬於我的獎也操作給了別人，媒體現在都在外面，只要我對他們說我的自殺全因你冷暴力封殺我，你猜大家會怎麼想亞盛？」

「不是。」蔣禹赫搖了搖頭，「你是因為憂鬱才自殺。」

「怎麼，你怕了？」黎蔓冷道，「你蔣禹赫也有怕的時候？」

蔣禹赫靜了半晌，輕輕笑了笑。

身後的厲白走上前打開自己的手機，送到黎蔓面前。

手機裡正播放一段男女同床的影片，赤裸又露骨。

其中的女主角，便是黎蔓。

黎蔓看傻了，不敢相信地搶過手機，而後崩潰地砸了出去，「你好無恥！不只換了酒還——」

可後面的話，黎蔓自己也說不出來了。

她哪來的立場說別人無恥。

音樂會第二天昏睡醒來看到身邊的陌生男人時黎蔓就該料到，自己設計失敗，蔣禹赫又怎會輕易放過她。

「人貴自知。」蔣禹赫不急不緩地站起來，「我勸黎小姐乖乖管好自己的嘴，不然現在還能收割一波網友同情的你明天會發生什麼，我不保證。」

黎蔓起初氣憤，不甘，可最後卻也無奈地沉默下來：「……是我低估你了。」

幾分鐘後，亞盛獨家授權的媒體專訪來到了病房。

黎蔓臉色蒼白，在鏡頭下強顏歡笑地接受著記者的採訪。

而蔣禹赫就那麼站在旁邊，欣賞著這位專業女演員的表演，和她在線現編的悲慘故事。

期間他看了眼手錶，轉身問厲白，「老何那邊弄完沒有。」

厲白為難地搖搖頭，「說是遇到了點難處。」

蔣禹赫皺眉，確定現場不會再有任何差錯後，提前離開了病房。

兩人坐電梯到三樓的診療室，剛到門口就聽到裡面傳來的，宛如殺豬般的叫聲。

「放手，你放手！」

「啊——」

蔣禹赫：「……」

溫妤這次換藥要解開紗布，過去好幾天，傷口有些地方結了疤，又重新被撕拉開再敷上刺激的藥，無異於在傷口上撒鹽，痛苦無法言喻。

溫妤從小嬌生慣養，從沒受過這樣的罪，身體拚命地抗拒著，弄得醫生也無從下手。

蔣禹赫進來的時候，老何正勸著溫妤，「你忍忍，一下就過去了，聽話啊。」

蔣禹赫也第一次直接正視了女人腿上長達七、八公分的傷口，鮮血和瘀青觸目驚心地混雜在一起，腫脹到看不出原本的皮膚。

老何這時看到了蔣禹赫，馬上站起來：「老闆，這，我……」

一聽到蔣禹赫來了，正痛得齜牙咧嘴的溫妤愣了愣，轉過去。

和男人的視線剛巧對上。

男人眼神淡淡的，走到身邊，毫無溫度的聲音：「還沒換好？」

醫生幫忙解釋道：「這個過程確實是比較疼，可以理解。」

「五分鐘。」蔣禹赫看著手錶說，「我還要去公司開會。」

溫妤：「……」

老何：「……」

有了時間的限制，醫生也不得不狠心起來，一閉眼，蘸滿藥水的紗布就那麼敷到了溫妤傷口上。

溫妤還沒準備好，就被一股直衝腦門的痛刺激到差點休克。

喊都喊不出來的那種。

她閉緊了眼，下意識抓緊身邊老何的手，眼淚攔不住地往外湧。

蔣禹赫你要趕著去投胎嗎？！！

喪盡天良！毫無人性！

還好醫生手法嫻熟，迅速包紮好後叮囑道：「下次換藥是一週後，注意少走動，飲食上戒辛辣，可以喝點補充營養的大骨湯。」

癱成一灘泥的溫妤虛弱地說了聲謝謝，接著拉住老何的胳膊坐起來，「一定弄疼你了吧何叔，對不起，我——」

話還沒說完，溫妤忽然驚悚地發現——自己握著的竟然是一隻穿著西裝的手臂。

？？？

溫妤輕輕移動自己的餘光，直到最終與蔣禹赫的視線對上。

男人垂眸睨她，語氣不是那麼和善：「可以放手了嗎。」

……

溫妤倏地收回自己的手，像是受到了驚嚇似的。

然後手足無措地張了張嘴，又紅著眼眶低下頭，努力將一滴快流出來的眼淚憋了回去，哽咽道：

「對不起，是我耽誤哥哥的時間了。」

好一個泫然欲泣，我見猶憐。

這段表演溫妤給自己滿分。

好不容易被疼出來了一點眼淚，可不能就這麼浪費了。

大數據顯示男人最怕女人哭，尤其是那種倔強中帶一點脆弱，脆弱中又帶一點隱忍地包住眼淚不流出來的畫面，對他們最具殺傷力。

要是蔣禹赫連女人的眼淚都可以鐵石心腸，不為所動，那溫妤可以趁早結束計畫捲鋪蓋走人了。

溫妤等著蔣禹赫說話。

然而男人皺了皺眉，「知道耽誤了還不走？」

溫妤：「……」

蔣禹赫你沒有心！！！

&

回家的路上，戰鬥力盡失的溫妤無聊地玩手機，看到了微博上新一輪的熱搜。

#黎蔓憂鬱症#

#亞盛總裁關心旗下藝人#

#心疼黎蔓#

諸如這樣的話題多不勝數，尤其是新聞上還放了一張黎蔓和蔣禹赫的合照，黎蔓微笑地捧著鮮花，蔣禹赫站在一旁，完全看不出兩人曾經有過餵藥的情分。

溫妤總算知道剛剛這男人幹什麼去了。

可她不是很懂。

明明是關係不好的兩個人，怎麼到了網路上這麼和諧？這中間到底發生了什麼？還有這些心疼黎蔓的網友如果知道黎蔓是個曾經想對老闆下藥威脅的人，不知道還會不會像現在這樣付出同情之心。

娛樂圈的新聞，擺出來的都是想讓大眾看到的，而更深的真相和規則，普通吃瓜網友根本不可能知道。

比如沈銘嘉那個渣男，在公眾眼裡的人設竟然是看到女生會害羞臉紅的小憨憨。實際上虛榮、劈腿、朝三暮四，還有腳臭。

溫妤都不知道自己當時瞎了哪隻眼看上了他，現在想起來都止不住的噁心。

沒一會車便開到了別墅。

「哥哥再見。」溫妤沒有起伏地勉強營業了下，像過去一樣準備自己單腳跳著下車。

蔣禹赫很輕地給了厲白一個眼神，厲白會意地下車上前，「我幫你。」

溫妤有些意外。

溫妤坐蔣禹赫的車不僅要遵守不能和他同排坐的規矩，上下也從來都是自己一個人，有時候老何會幫一把，但如果遇到今天這樣蔣禹赫趕著去公司開會的情況，老何都沒空理會她。

可今天厲白扶了。

不僅扶了，還推著輪椅送她進了家門。

溫妤細細品起了這其中的原因。

「其實，」厲白忽然開口，「老闆剛剛看起來是無情了些，可如果不是那樣，你始終都沒那個勇氣去面對，不是嗎。」

「……」

「快刀斬亂麻，其實也是在減少你的痛苦，希望小姐你明白。」

溫妤垂著頭，正思考著厲白這番話，十二姨從廚房走了出來。

她不知在接誰的電話，一直說著是是是，好好好。接完後又脫了身上的圍裙，走來溫妤身邊：

「我現在出去幫你買大骨，半小時就回來，別亂跑。」

？

溫妤愣了愣。

買大骨？

——給她？

那天中午，溫妤破天荒地喝了一頓十二姨特別為她熬的什錦蘑菇大骨湯，營養又美味。手藝堪比以前她吃過的米其林大廚。

她也終於明白過來，打電話給十二姨的是蔣禹赫，而大骨湯，是在醫院時醫生隨口提的一句話。

鱷魚的眼淚，終於不負所托，打動了這個男人鐵石心腸般的心。

不過後來溫妤沉浸在厲白的那段話裡想了很久，也切身地認同，他說得沒錯。

蔣禹赫給出的五分鐘限制看似冷漠無情，可的確快速結束了溫妤的痛苦。不然以她的性格，在醫院磨蹭到天黑都不一定能搞定。

雖然只是件小事，但溫妤也窺見了蔣禹赫性格裡魅力的一面。

雷厲風行，當斷則斷，溫妤還……挺欣賞這一款的。

無論如何，大骨湯的人情溫妤領了。

當然就要借此抓住機會，以還人情的方式互動一波加深感情。

於是那晚溫妤精心準備了一份自己愛吃的水果沙拉等蔣禹赫，誰知男人不知去了哪，很晚都沒回來。

零點的時候十二姨說回房休息，溫妤問她：「你不等哥哥嗎？」

誰知十二姨反問她一句：「知道我為什麼叫十二姨嗎。」

溫妤：「？」

「因為我只工作到晚上十二點，之後房子塌了我都不會管。」

「……」

好傢伙，這麼酷的管家溫妤直接 RESPECT。

於是溫妤只能一個人在客廳等著，等到自己都做了好幾場夢的時候，忽然迷迷糊糊的，感覺沙發上有一股很重的力量壓了下來。

她驀地睜開眼，而後嚇了一跳。

蔣禹赫不知道什麼時候回來了，現在正躺在沙發的另一頭。

渾身都是濃重的酒味。

溫妤先收回自己的腿，然後試探著喊了兩聲，「哥哥？」

回應她的是夾雜著酒精和菸草味的呼吸。

「蔣禹赫？」

「蔣總？」

「老闆？」

溫妤連續換了好幾個稱呼，最後才確定，這個男人是真的醉到昏睡了。

好吧，既然睡了那互動的事也談不上了，溫妤掉頭就走。

可輪椅滑行出去幾步，溫妤又按住了停下鍵。

她回頭，望了眼躺在沙發上的男人。

現在是冬天，即便家裡開了暖氣，到夜裡也還是有寒氣的，就這麼躺在這裡睡會感冒的吧？

再說，萬一突然吐了沒人發現窒息了怎麼辦。

雖說是個碰瓷來的哥哥，但做人起碼的良心還是要有的。

好歹今天還喝了人家賞的大骨湯。

溫妤安慰自己就當是為破產的溫家積點德，總之今晚，這個男人她承包了。

不過她的腿還受著傷，把蔣禹赫搬回房間是不可能的，更何況二樓還是自己被明令禁止去的地方。

想了會，溫妤回房間把自己的被子抱出來，給蔣禹赫蓋住。

之後對著他英俊的臉默默嘆了口氣，「我這個妹妹算是仁至義盡了，被窩都讓給了你，以後可別那麼兇了。」

男人依舊睡得很深。

別說，睡著了也帥得找不出任何死角。

想到這溫妤又忍不住想唾棄自己的審美觀，真是馬路上隨手撿個男人都比沈銘嘉帥一萬倍。

知道不可能得到什麼回應，溫妤收回視線，斜靠在沙發上拿起手機。

這個場面今晚是不可能睡了，她決定滑一夜的微博打發時間。

夜裡三點，溫妤堅持滑著微博。

三點半，視線開始模糊。

四點，好冷，被子拉過來一點蓋一下腿吧。

四點半，撐不住了，我就瞇一會，一會……

然後這一瞇，溫妤直接也睡了過去。

早上六點半，十二姨起床準備早餐，路過客廳的時候看到躺在一起的蔣禹赫和溫妤，淡定看了兩眼，彷彿無事發生般去了廚房。

十來分鐘後，蔣禹赫被廚房裡的雜物聲音吵醒。

他不悅地睜開眼，發現自己睡在了沙發上，好像也不那麼意外似的，閉眼舒了口氣，正準備起來去沖個澡，就在起身一剎，看到了躺在自己身邊的溫妤。

兩人還蓋著同一床被子。

蔣禹赫怔住，聲音幾乎是瞬間冷下來：「你在幹什麼。」

這句話，帶著明顯的斥責意味。

溫妤迷迷糊糊地睜開眼睛，全然忘了自己睡在沙發上的事，等看到身邊的男人後，才記憶復返般坐了起來。

「哥哥你醒啦？」

很快，她就發現了男人異常陰冷的、不對勁的眼神，「……怎麼了？」

蔣禹赫盯著溫妤好幾秒，最後一把扯開被子冷冷道：「再有下次就走人。」

？？？

看著男人往二樓走的背影，溫妤一頭霧水。

十二姨這時從廚房走出來，邊佈置餐桌邊提醒般地暗示溫妤：「我們少爺不喜歡女人碰他。」

溫妤：「……」

不是，大哥你想什麼呢。

她氣笑了——

「昨晚他夜裡回來一動不動躺在沙發上，我怎麼喊都喊不醒，我又抱不動他，怕他冷到，只能把自己的被子抱過來給他蓋，怕他吐了沒人照顧一直守著，什麼叫不喜歡女人碰他？我又不是別人，」也不知道蔣禹赫能不能聽到，溫妤故意委屈地拉高了兩個調，「我關心自己的哥哥有錯嗎？！」

六月的竇娥都沒她冤。

十二姨倒牛奶的動作微妙頓了下，問她：「你不知道喊我幫忙？」

「？」溫妤無語，「不是你說十二點後房子塌了你都不管嗎？」

「房子塌了我是不管，少爺醉了我當然要管。」

「……」

誰不說您厲害呢。

溫妤被這主僕倆的神奇邏輯活生生氣到沒話說。

ＯＫ，你們贏了。

她撿起被蔣禹赫扯到地上的被子，沒再解釋下去，轉身回了自己房間。

不識好歹的男人，活該昨晚凍死你。

還指望下次呢？做夢吧。

二十分鐘後，蔣禹赫洗了澡下樓，十二姨的醒酒湯也煮好了，端給他時嘀咕了句：「大小姐都要你少喝點酒了，你總是不聽。」

蔣禹赫沒抬頭，喝了一口問，「人呢。」

沒指名道姓十二姨也知道在說誰，「回自己房間了。」

之後大家誰也沒再提溫妤，吃過簡單的早餐，蔣禹赫就回了公司。

祕書照常為他泡來一杯美式，可蔣禹赫剛抿一口就皺了眉。

「味道怎麼不對。」

祕書愣住，「啊？我每天都是這樣泡的啊。」

緩了會，蔣禹赫淡淡說：「出去吧。」

祕書離開後，他仔細端倪手裡的咖啡想知道是哪裡的問題，冷不防忽然想起——

昨天他喝過家裡那個女人泡的美式。

味道很醇，很正。

蔣禹赫也不知道自己在想什麼，揉了揉眉心，把咖啡放在一旁，完全沒了喝下去的欲望。

恰好這時公司藝人經紀部的總監敲門進來。

「蔣總，關於《尋龍檔案》的選角，我想再聽聽您的意見。」

今年國內的娛樂業發展低迷，主要受政策影響，很多小規模的電影公司一批批倒去，這樣的大環境下，蔣禹赫對待每一筆投資都不敢懈怠半分。

公司來年的重頭項目便是亞盛影業投資了數億的玄幻電影《尋龍檔案》。

從團隊構架到演員選擇，無論細節大小，蔣禹赫全部要求親自過目。

總監說：「原來女一您是定了黎蔓，但她自己不爭氣鬧出這些事，現在我們想在桑晨和莫曉茹中間挑一個，這兩人的演技都沒問題，試鏡那邊導演也覺得ＯＫ，就看您的意思？」

蔣禹赫看著兩個女演員的照片，片刻，抽出其中一張，「用桑晨。」

總監表情微妙了一秒，很快恢復正常，「好，另外就是，男二號導演私人關係想用最近很紅的那個沈銘嘉，但沈銘嘉不是我們公司的人，我想把他的影視約簽進來，方便之後統一管理。」

沈銘嘉？

蔣禹赫在腦子裡過了下這個名字，點頭道：「把他最近半年的成績做一份資料傳給我，我看看再說。」

「好。」

大概是昨晚沒有睡好加上醉過酒的原因，蔣禹赫一整天的精神都不怎麼好，於是下班之前推掉了晚上所有的應酬。

十二姨提前接到了通知，在蔣禹赫到家的時候，晚餐也都全部準備妥當。

四葷兩素一湯，蔣禹赫一個人坐在餐桌旁，吃了會才問，「人呢。」

十二姨筆直站著，答道：「房間裡。」

頓了頓補充：「喊了，不出來，說不餓。」

蔣禹赫便也沒繼續問下去，草草吃了兩口就打算回樓上休息。

剛走出幾步，十二姨就在身後自言自語起來：「人家是怕你睡在客廳冷到，才把自己的被子拿出來給你蓋的。」

蔣禹赫腳下一頓，皺眉回頭，「什麼自己的被子。」

十二姨瞥了蔣禹赫一眼，唇微微啟合了幾下，可能是怕自己總結得不好，乾脆把溫妤的原話重複了一遍，末了那句「我關心自己的哥哥有錯嗎」還特地揚高了聲音。

「我不是幫她說話，不過也見不得人家好心被你當驢肝肺。」

蔣禹赫：「……」

回到書房好半晌，蔣禹赫醉的這場酒似乎才醒了過來。

十二姨那番話始終在心裡盤旋，也正如此，他後知後覺地回憶起自己醒來時的那些細節。

那女人其實只跟自己挨了一點邊而已，她的身體斜靠在背墊上，明顯是想保持距離的姿勢，唯獨腿伸了一點在被子裡取暖。

還有那床被子，小碎花軟軟的，當時自己完全沒注意，原來是她的。

蔣禹赫閉上眼睛揉著太陽穴。

女人被自己警告後一臉茫然的神情在眼前不斷重播，還有她說的話——

「怕他冷到只能把自己的被子抱過來給他蓋，怕他吐了沒人照顧所以一直守著。」

誅心似的，反反覆覆，提醒他說了多過分的話。

這種感覺莫名讓蔣禹赫覺得煩躁，他隨手拿起桌上的杯子，卻發現裡面空的，一滴水都沒有。

於是打開書房門，正想叫十二姨泡杯咖啡送上來，突然聽到樓下有說話的聲音。

到了嘴邊的話也不覺收回，不動聲色地往前走了幾步——

果然，是溫妤出來了。

她坐在輪椅上，手裡捧了個杯子，似乎也是到客廳接水喝。

蔣禹赫看了兩秒，不知被什麼驅使了，拿著手裡的空杯也下了樓。

他手抄在褲子口袋裡，神情冷淡地走到飲水機前。

十二姨迷惑地看了他一眼：「樓上沒水嗎，下來幹什麼？」

蔣禹赫：「……」

溫妤當然也知道蔣禹赫下來了，卻不似往常那樣熱情地喊哥哥。

她低著頭退到一邊，雖然什麼話都沒說，但肢體動作已經做出了一個三等公民應有的姿態。

蔣禹赫頓了頓，難得主動了一次：「你先。」

哦。

溫妤沒客氣，面無表情地上前，彎腰，往杯子裡接水。

然後轉身，繼續面無表情地從蔣禹赫身邊經過，離開，回房，最後砰的一聲——關了門。

蔣禹赫：「……」

溫妤完全沒給蔣禹赫面子。

即便知道他剛剛那句「你先」可能是回過神知道錯怪了自己，想給雙方一個過渡的臺階，但大可不必。

她已經生氣了。

且一時半會地並不想理他。

溫妤曾經要風得風、要雨得雨，追她的人在江城少說都繞城一圈，如今竟然淪落到被別人斥責居心和動機？

破產了也好，被劈腿了也罷，溫妤都可以坦然接受。

可她的自尊無法接受這樣對人格的侮辱。

他把她當什麼了？

想爬上他床的女人？

天地良心，溫妤完全是怕喝醉的他一個人睡在外面有危險才陪著，怎麼就被懷疑得這麼不堪。

溫妤第一次對教沈銘嘉做人這件事產生了放棄的念頭，正所謂冤冤相報何時了，冤家宜解不宜結，小三與他既然兩禽相悅那就成全他們好了。

就算父親破產，溫妤自己也還有一棟房子和一輛車，把它們都賣了接父親去另一個城市從頭開始，依然可以平平淡淡歲月靜好。她為什麼偏要逼自己拿虐渣劇本。

溫妤很清楚地知道，自始至終，蔣禹赫都沒有接納過她。所以才會在看到她躺在身邊時，第一反應是懷疑，而不是正常地詢問。

那天，溫妤一整晚沒出過房門。

第二天早上七點，以為這個時間蔣禹赫肯定還沒起床，溫妤穿好衣服後下床，正想坐到輪椅上，卻突發奇想地站起來走了兩步。

雖然受傷的小腿還痛著，但血腫已經消退了很多，現在慢慢走也不是不行。溫妤便沒用輪椅，扶著牆一步步走出房間。

誰知才走到客廳，就看到十二姨手裡拿著西裝立在玄關。

而蔣禹赫，一身菁英打扮，正在換鞋。

溫妤：「……」

這男人今天怎麼這麼早上班。

十二姨看到溫妤自己走出來，愣了下：「你著什麼急啊，多養養，別留下什麼後遺症了。」

溫妤瞥了蔣禹赫一眼，雖然心裡還氣著，但她很清楚，昨晚任性那麼一次可以用委屈的小情緒去解釋，如果過了一夜自己還擺著一張臭臉，這前後的人設就崩了。

於是馬上切換回來，咬著唇小聲道：「我只是怕，萬一下次我又做錯了什麼，我……」

聽聽，多委屈，多卑微。

你蔣禹赫一句話，嚇得失憶妹妹連夜開始學習走路為他日被趕出家門做準備。

就問你誅不誅心。

果然，溫妤這番喪氣的話說出來，連平時高冷的十二姨都心軟了，「不是，我們少爺不是那個意思。」

十二姨下意識去看蔣禹赫，指望他說點什麼，可男人臉色平平，換好鞋拿上外套後就出了門。

沒一會，溫妤就聽到了院子裡汽車發動的聲音。

好傢伙，你真有種。

自從來到這裡，溫妤好傢伙都說累了。

蔣禹赫沒給面子，十二姨也有些尷尬，解開身上的圍裙跟溫妤岔開話題：「我有事出去一趟，中午回來，冰箱裡有吃的，你餓了就去拿。」

溫妤本想問十二姨去哪，但話到嘴邊她忽然反應過來——這樣一個主人和管家都不在的上午，不正是她去飯店的最好時機？

可另一個問題擺在面前。

就算她現在輕鬆離開了，那回來呢？

她沒有鑰匙。

但溫妤顧不上那麼多了，離飯店給的保留期限只剩幾天，以後還會不會有今天這種天時地利的機會誰也不知道，她不能錯過。

而且說實話，就蔣禹赫剛剛那個態度，她也不在乎能不能留下來了。

如果能順利拿到身分證，乾脆就買張回江城的機票，不玩了。

下定決心，溫妤在微信上跟尤昕借了一點錢，待十二姨走後，為自己叫了一輛去飯店的車。

可能是運氣好，遇到的大哥是個熱心人，不僅扶著溫妤上了車，還幫忙收了她的輪椅。

到飯店後溫妤迅速表明了來意，工作人員當即派專人帶她來到一個貴賓室，

「小姐您稍等一下，我現在去幫您拿。」

溫妤點了點頭，安靜坐在位置上等著，一道聲音卻忽然落了過來，「溫小姐？」

溫妤一愣，抬頭看，竟然是沈銘嘉的小三。

意料之中，她身邊站著沈銘嘉。

也對，京市根本沒人認識溫妤，能在這個飯店遇到的，也就這對狗男女了。

方盈走進來，上下打量了溫妤幾眼，不可思議道：「怎麼坐上輪椅了？還有這鼻子是怎麼了？」

溫妤只想拿了包包趕緊走人，並不想搭理他們，於是轉身背了過去。

可方盈顯然不想錯過這個奚落她的機會：「你家裡的事我們都聽說了，不管怎麼樣，你別做想不開的事，有什麼需要可以跟嘉哥說，我不會介意他幫你的，對吧嘉哥。」

溫妤：「……」

茶味過濃。

「幫我？」溫妤挑眉笑了下，「你的嘉哥有什麼本事可以幫我？有沒有那個能力自己不清楚嗎，他一部戲的片酬還不夠我買個包包，也就你稀罕。」

沈銘嘉嘖地笑了聲。

在他看來，現在嘴硬的溫妤不過是強弩之末罷了。

「還以為自己還是什麼大小姐嗎？誰都要慣著你讓著你？」沈銘嘉搖搖頭，「看看你現在的樣子，清醒一點溫妤，你們家已經破產了。」

工作人員這時拿著溫妤的包走了過來，「溫小姐，您看看裡面的東西有沒有少。」

溫妤打開包看了兩眼，隨即對對方點了點頭，「謝謝。」

「我們家破產了又怎麼樣。」溫妤收好包包，冷靜地看著沈銘嘉，「我溫妤還活著呢，而且會活得比你沈銘嘉愜意，比你快活，因為我還要等著——」

溫妤微微前傾，話隨身體壓過來：「看你這種人渣什麼時候翻車。」

最後那句話聲音雖輕，沈銘嘉卻莫名被怵了下，但也只是那麼一秒，他不屑地笑了笑，「好啊，那我祝你早日心願達成。」

而後拉著方盈：「我們走。」

……簡直張狂至極！

溫妤也知道，沈銘嘉不過是仗著知道溫家倒了，她溫妤也從鳳凰變成了山雞，根本不可能與他抗衡所以才這麼肆無忌憚。

果然渣男都是沒有道德底線的。

回到車上溫妤都還在被氣得牙癢。司機問她：「小姐，你去哪裡？」

溫妤想都沒想，「機場。」

說話的同時打開了手裡的包包。

口紅、護手霜、錢包、身分證都在，還有那個精緻的絲絨盒——裡面裝著打算送沈銘嘉的袖釦。

當初充滿歡喜和愛意的禮物，如今看著，竟然這樣諷刺。

袖釦刺眼地躺在盒子裡，提醒著溫妤剛剛沈銘嘉說的那些話：

「你還以為自己是什麼大小姐嗎？」

「清醒一點，你們家破產了。」

「祝你早日心願達成。」

溫妤心中百轉千迴，咬牙切齒。

賤人。

紅燈快要結束前的三秒，溫妤閉了閉眼，掙扎又掙扎，最終喊住司機：「算了，還是原路返回。」

她如果就這麼回江城，豈不是遂了沈銘嘉的願。

他不是祝自己心願早日達成嗎，那就睜大眼睛等著好了。

溫妤渾身的鬥志又被燃了起來，瞬間挺直了腰：「大哥，回去的這條路上有沒有二手奢侈品店？」

趕在十一點前溫妤回了別墅。

大門緊閉，十二姨顯然還沒回來。

這也就意味著溫妤這次的叛逆出走非常安全，神不知鬼不覺，不會有任何人知道。

她將輪椅遙控到別墅的院子裡，停下。

十二月了，天氣一天比一天冷，難得今天出了太陽，陽光暖融融的，照在身上很舒服。

溫妤想好了，待會十二姨回來，她就說自己想來院子裡曬曬太陽，誰知大門被風一吹就關上了。

這個理由完美得找不到一絲瑕疵。

溫妤閉上眼睛，安心地曬起了太陽。

誰知這一等，等到太陽下山，十二姨都沒有回家。

冬天的夜晚總是來得特別早，天色變暗，周遭的溫度開始急劇下降。

沒必要，真沒必要，溫妤想。

如果她做錯了什麼，大可讓蔣禹赫回來再質疑自己幾句，而不是像現在這樣，等得又冷又餓不說，天還隱隱下起了小雪。

最重要的是，她好想上廁所啊……

&

六點半，老何接送剛開完會的蔣禹赫去和客戶吃晚飯。

路上，蔣禹赫問厲白：「警察局那邊有什麼消息沒。」

厲白搖頭：「沒有，他們說最近都沒有報失蹤的。」

這不合理，一個活生生的人消失了，難道沒有家人發現？

還是說她根本不是京市的人？

老何這時插話問道：「老闆，小姐在您家住得還好嗎？她還有沒有缺什麼？我上次照著我家丫頭的喜好買了很多送過去，也不知道她喜不喜歡。」

厲白適時地咳了一聲。

然而老何完全不知道自己幹了老闆的事領了老闆的功勞，還繼續沉浸在自己的情緒裡，「老闆，這個週末我能不能去看看她，畢竟人是我撞的，我想熬點湯給她送過去補補。」

蔣禹赫終於聽不下去，抬起頭：「你是不是覺得我會虐待她？」

老何趕緊搖頭：「當然不是，我知道老闆你嘴硬心軟，要不然也不會帶她回家了，我就是想盡盡自己的心意。」

話音剛落，老何的手機響了。

開車時不允許接電話，老何正準備按掉，一看竟然是溫妤打來的，喃喃疑惑道：「怎麼是那姑娘打來的？」

他微微側身，「老闆，我接一下行嗎，怕姑娘有急事找我。」

男人注視著窗外的雪，沒表態。

沉默即是默認，老何趕緊接起電話：「姑娘怎麼啦，有事嗎？」

溫妤弱弱的聲音，「何叔，你，你知道十二姨的，手機號碼嗎？」

「十二姨？」老何皺眉，「沒有啊，我怎麼會有她的號碼，怎麼了，你找她？她不在家嗎？」

過了兩秒，老何睜大眼睛，轉身就對後排的蔣禹赫慌慌張張喊道：「不好了老闆，小姑娘被關在門外要凍死了！」

蔣禹赫：「？」

&

別墅門口，溫妤蜷縮著身體，抬起雙手在嘴邊呵了口氣，努力取著微不足道的一點暖。

以前看韓劇的時候，韓劇裡總說，初雪是美好的，是浪漫的。

初雪一定要和喜歡的人一起。

可她怎麼這麼狼狽，別說男人了，身邊連個鬼影都沒有。

好冷啊，好想有個暖和的被窩。

好想有杯熱牛奶。

好想……算了，三等公民不配想。

求助電話打出去有一會了，溫妤不確定蔣禹赫會不會回來，但依他昨天及今早的態度，希望不是很大。

現在就看他理不理自己死活吧。

因為太冷，溫妤閉上眼睛，試圖用意念去分散自己的注意力。

閉著閉著，她忽然感覺眼前有了光。

睜眼一看，果然，一束暖黃的大燈點亮了雪夜，一路朝別墅而來。

最後停在了門前。

有人下來了。

……是蔣禹赫？？

竟然真！的！是！他！

好樣的，哥哥是有心的！

哥哥只是外冷內熱而已！

哥哥終於露出了他柔情的一面！

我要對哥哥多一點包容和理解！

剛剛還被凍到一臉頹廢的溫妤立即來了精神，本想坐正預備一個甜美笑容感激好哥哥踏著風雪而來救她於水火之中，但轉念一想——等等，這絕對是一個激起男人保護欲、同情欲的好機會啊。

她都凍成了這樣了還微笑個屁啊，被凍得很開心嗎？

於是在蔣禹赫離自己還有十公尺之遙的時候，溫妤迅速改變策略，閉上了眼睛，做出一副被凍到失去神志的樣子。

十公尺，五公尺，三公尺。

溫妤能感覺到男人一步步地靠近。

她激動又期盼，猜測蔣禹赫是會先脫下外套披在自己身上，還是直接把她抱起來回家取暖？

越來越近了。

來了來了。

溫妤呼吸幾乎屏住，心跳因為過於興奮而怦怦跳著。

然而等了幾秒，想像中的幾種操作都沒有發生。

但她隱隱感覺到，似乎有一根手指探到自己鼻子下面來了。

「？？？」

倒也不必，我還活著謝謝。

第三章　晉級大小姐

事實證明，這世上總有些人的邏輯異於常人。

溫妤實在不懂，面對一個被風雪擊倒的柔弱女人，一個正常男人的反應怎麼會是去探她的鼻息確定她還有沒有活著？

就離譜到無語。

溫妤頓時沒了演下去的興致，睜開眼睛，一副「哦哥哥你回來了」的冷漠表情。

一番折騰，總算進了家門。

家裡開著恆溫暖氣，一進客廳溫妤就覺得暖和了很多，但因為凍了太久的原因，渾身還是止不住地打著哆嗦。

蔣禹赫在沙發上坐下，視線淡淡落過來，「怎麼會被關在外面。」

還好事前想好了說辭。

溫妤很無辜地解釋：「上午天氣好，我想出去曬一曬太陽，結果風一吹就把門給關上了。」

安靜了會。

「真的？」

？怎麼還懷疑起來了。

「當然是真的。」溫妤被凍出了鼻音，這種音色為她自動增添了幾分委屈：「哥哥怎麼不相信我。」

蔣禹赫無聲盯了她幾秒，忽然起身走了過來。

走到溫妤面前。

微微彎腰，雙手撐在她輪椅兩側。
溫妤瞬間好像被圈進了一個審判椅裡。
蔣禹赫這個人就算不說話，身上也自帶一股壓迫性的氣場。
何況溫妤還在撒謊，被這麼一壓，底氣瞬間有點不足。
「怎，怎麼了哥哥。」
片刻，蔣禹赫突然抬起右手。
溫妤嚇了一跳，身體下意識往後躲，以為他要對自己施什麼拷問大刑時，卻看到他從自己肩上撕下了什麼東西。
「曬太陽能曬出這個來？」
這是一張火鍋店開幕優惠的自黏貼紙廣告。
溫妤懵了。
她很快想起，去二手奢侈品店賣包包時，附近有家新開的火鍋店在發廣告，有傳單、自黏貼紙、氣球之類的。
當時也發給她了，不過她沒要。
好傢伙，不要就往自己身上黏？
「到底去哪了。」男人站直，語氣已然多了幾分警告意味。
溫妤沒想到自己天衣無縫的理由竟然被一張廣告貼紙出賣了。
眼下沒有別的辦法了，與其去圓這個圓不起來的謊，還不如直接承認。

溫妤閉了閉眼，一橫心，情緒瞬間切換到位：「是，我是故意走的。」

「我看得出來哥哥不喜歡我，我留在這裡也沒意思，如果不是真的不記得自己是誰了，我一定不會這樣打擾大家。」

說著說著，溫妤哽咽了。

「昨天的事我很難過，我一心為哥哥，怕你著涼，怕你吐了沒人管，可哥哥居然覺得我別有用心。」

「我受傷了，我的心比腿還疼，所以我想離開，不再打擾哥哥。」

「可當我坐著輪椅一個人來到街上，發現無處可去的時候，我好害怕。」

「所以我又回來了。」

「對不起哥哥，」溫妤已經泣不成聲了，默默轉身往外，「我騙了你，我這就走，我再也不打擾你了。」

溫妤可可憐憐地再次準備離家出走，輪椅轉身的那一刻心裡瘋狂ＯＳ——

「快留我！」

「說話啊！」

「啊啊啊快點！」

良久，冷漠聽完這番聲淚俱下對自己控訴的蔣禹赫捂住臉深吸一口氣——

「回來。」

溫妤笑了。

Get！

她轉過身，一抽一抽吸著鼻子：「那我想喝熱牛奶。」

蔣禹赫：「……」

下了一夜的雪，第二天起來時，地面鋪了淺淺一層白色。

十二姨是昨晚九點多回來的，她昨天去醫院回診自己的老毛病，結果醫生遇到緊急手術來晚了，等到傍晚又下雪塞車，一天過得也挺糟心。

蔣禹赫上午沒去公司，中午和往常一樣吃過飯後，溫妤正尋思要怎麼跟他說今天是自己第二次換藥的日子，男人竟然主動提醒她：「待會老何過來接你去換藥。」

大概是昨晚自己那番發人肺腑的話起了作用，蔣禹赫沒再提沙發睡覺那件事，溫妤自然也見好就收，小聲應了句：「哦。」

過了會，還是忍不住試探，「那哥哥你呢。」

蔣禹赫頭都沒抬，「一起。」

這個回答大大出乎溫妤的意料，上次換藥他陪著是因為剛好要去醫院解決黎蔓的事，可這次沒任何人住在醫院。

他難道，特地陪自己？

直到蔣禹赫人真的到了醫院，溫妤才相信——這個男人竟然大發慈悲陪自己來換藥了。

這次換藥比之前順利了很多，溫妤謹記著長痛不如短痛的教訓，非常配合醫生。

就在她換藥的時候，蔣禹赫來到了醫生辦公室，

「她到底要多久才能想起自己是誰。」

「蔣總。」醫生很有耐心地說：創傷性失憶是非常複雜的一種情況，根據我們的臨床資料，在發生事故前，有八十%的傷者在生活都遭遇了重大創傷，所以——」

「我沒興趣知道那些。」蔣禹赫打斷醫生的話，「你直接說要多長時間。」

醫生頓了頓，「有的三、五年，有的一、兩個月。」

「三、五年？」蔣禹赫顯然沒想到會有這麼久的可能。

醫生點頭，乾脆通透地告訴他：「她現在覺得您是她哥哥，您不妨就按她意思照做，舒緩她的情緒，她越放鬆，越快能恢復。但相反，如果您一直對她抗拒冷淡，她依然處在一個沒有安全感的環境裡，百害而無一利，換句話說——」

「您越配合她，就有望越快結束這段關係。」

蔣禹赫若有所思了片刻，什麼都沒說，離開了辦公室。

回到病房，溫妤的藥已經換好，看到蔣禹赫進來，撒嬌地告訴他，「哥我好啦，今天不用給我五分鐘限制了。」

老何也直誇溫妤勇敢。

蔣禹赫牽了牽唇，「好了就走吧。」

從醫院出來，蔣禹赫一直在想著什麼，老何開著車，欲言又止了好一會才不好意思地開口：「老闆，今天是冬至，我想請您和小魚去我家裡吃餃子。」

蔣禹赫回神，皺了皺眉，「誰是小魚？」

「我呀。」溫妤從前排回過頭來對蔣禹赫笑：「何叔每次都說不知道怎麼叫我，可我也不記得自己叫什麼了，就隨便取了個名字，小魚。」

頓了頓，「蔣小魚好不好？」

後面那句，溫妤是臨時起意故意試探的，滿以為蔣禹赫會拒絕，可沒想到靜了幾秒，他點點頭：「嗯。」

……？

給你家族譜上空降了一個人這麼大的事說好就好？

我隨口說說而已，你會不會草率了點？

蔣禹赫這麼乾脆，反而弄得溫妤不知道怎麼接話了。

何叔見蔣禹赫沒回答自己的問題，多少也明白以他這樣的身分怎麼會來自己家裡過節，於是又主動道：「如果老闆您沒空的話也沒關係，我帶小魚吃完了再送她回來好嗎。」

蔣禹赫看著窗外，一直想著醫生的話，半晌淡淡地回：「不用了，一起。」

溫妤：「……」

老何的家是一間簡單的兩房一廳，地方雖小，裝飾卻很溫馨。溫妤一進來就感受到了那種她從小都在渴望的，一種叫家的溫暖。

老何的女兒叫茵茵，剛滿十八，身材微胖，可愛還熱情，溫妤剛進門她就主動過來推她的輪椅。

「你就是小魚姐姐啊？姐姐好！」

抬頭看到跟在身後的蔣禹赫，小嘴又嘰嘰喳喳地叫，「大哥好！」

何嫂繫著圍裙出來啐了聲，對蔣禹赫賠笑：「不好意思蔣總，茵茵沒大沒小的，別見怪，快來裡面坐。」

蔣禹赫難得笑了笑，「不要緊。」

因為蔣禹赫的大駕光臨，老何兩口子又激動又惶恐，端茶倒水削水果的，生怕哪一點招待不周怠慢了這位大少爺。

很快，水餃就端上了桌。

老何說：「不知道你們喜歡什麼口味的，每樣都包了點，這是蝦仁餡、素三鮮、香菇豬肉……老闆你喜歡吃什麼餡的？」

蔣禹赫：「隨便。」

老何便把所有口味的都分裝成盤放在桌上。

溫妤很久沒有吃過這種家常水餃了，上一次吃，還是有一年在尤昕家裡過除夕，當時他們一家人也像老何家一樣，充滿了溫馨的家常味。

而那個除夕，溫易安在加拿大談生意，打視訊給溫妤說了句寶貝新年快樂。

也不能說不愛，只是有些愛是有溫度的，握在手裡很安心。

有些卻是空洞的，一握就碎。

桌上的水餃熱騰騰，電視播放著熱鬧的節目，茵茵在問蔣禹赫娛樂圈的八卦，老何在夾水餃給何嫂。

這個溫暖的冬至夜，讓溫妤忽然開始相信夜市那個算命老頭說的話。

那晚之後，她看似失去了一切，可卻走進了另一段奇妙的旅程，遇到了這些可愛又溫暖的人。

當然，溫妤暗暗地想——除了身邊那個冷冰塊。

正吃著，茵茵指著電視上說，「我喜歡的綜藝開始了！」

溫妤隨意跟著看了過去，不看還好，一看人就定在了那。

嘉賓竟然有沈銘嘉……

渣男穿著體面的西裝，紳士地在舞臺上唱著歌。

如果不是知道他私下是個什麼人，溫妤或許也會被鏡頭迷惑，覺得這是一個溫柔又帥氣的男明星。

可惜他不是。

「小魚姐姐，那個穿白西裝的哥哥帥嗎？」茵茵指著電視，「我最近剛粉的愛豆，你都不知道他多絕！」

溫妤：「……」

嗯，你也不知道他多絕。

溫妤的心在大聲說——

「妹妹不要啊！你看清楚，這是個垃圾渣男啊！」

可面上卻只能禮貌笑了笑，「是嗎，我不追星的。」

不然她能怎麼辦？把自己被這個渣男劈腿的事告訴她，在蔣禹赫面前自爆身分？

她現在拿的是失憶劇本，一旦說漏了嘴，所有付出都將前功盡棄。

再說第一次見面就對人家的愛豆指指點點好像也不怎麼好。

算了，想到這裡，溫妤決定少說話多吃飯。

她想再去盤子裡夾幾個蝦仁餡的來，可剛拿起筷子卻發現盤子裡只剩其他餡的了。

只好無事發生般把筷子又默默放了下去。

蔣禹赫這時問茵茵：「你很喜歡沈銘嘉嗎？」

茵茵不好意思地笑：「主要是我身邊姐妹都喜歡他，這年頭房子塌怕了[3]，大家都想粉個乾淨哥哥。」

就在這不經意的對話間，沒人注意蔣禹赫很自然地把自己碗裡的蝦仁水餃夾給了溫妤。

這突然的溫情一擊給溫妤看懵了。

什麼意思？

顧不上聽他們又在聊誰，溫妤盯著碗裡的水餃滿腦子問號，直到耳邊落下冷淡的聲音：「是在想

---

3 塌房：指偶像傳出負面新聞或談戀愛。

我給你下什麼毒了嗎。」

「……當然不是。」溫妤尬笑著拿起筷子，總覺得有哪裡奇奇怪怪的。

晚上九點，吃完晚飯，老何披上大皮襖說要送溫妤下樓，蔣禹赫卻自然把手搭到溫妤的輪椅上：「不用了，我來。」

「啊？」溫妤睜大了眼，蹬著雙腳就想站起來：「你——」

話還沒說完就被蔣禹赫按了回去：「坐好。」

「……」

兩人在電梯裡沒任何交流，溫妤不知道蔣禹赫吃錯什麼藥，一路戰戰兢兢，好不容易到了樓下車旁，她正準備自覺去後座，蔣禹赫卻突然摸了根菸點燃。

接著身體往後，靠在了後座車門上。

溫妤也只好收回開門的手，老老實實等著。

畢竟和蔣禹赫同坐一車的規矩她知道，他開車自己就得坐後面，他坐後面自己就得自覺去副駕駛。

耳邊不斷有風沙沙吹動的聲音，破舊卻明亮的路燈在男人臉上鍍了一層細碎的光。

不知過去了多久，蔣禹赫忽然掐了菸說：「再叫一聲來聽聽。」

什麼？

溫妤起初沒反應過來，愣了兩秒才試探道：「……哥哥？」

蔣禹赫垂眸笑了笑，這個笑容很輕，卻似乎有很多溫妤看不懂的情緒在裡面。

下一秒，男人抬手，打開前面副駕駛的門：「以後都坐哥哥旁邊。」

這份忽然大躍進的親密一度讓溫妤十分惶恐。

哥哥這兩個字從她自己口中說出來沒什麼，可從蔣禹赫口中說出來，溫妤渾身的汗毛都在打顫。

他這是怎麼了？

昨天還對自己愛理不理，今天突然玩起了兄妹情深？

難道是昨晚自己那番真情流露打動了他？喚醒了他泯滅已久的良知？

思來想去，除了這件事，好像也沒有別的能讓這個男人突然轉變這麼大了。

看不出來，哥哥還是位性情中人？

副駕駛的門敞著，蔣禹赫就站在門旁，等著溫妤過去。

溫妤頓了頓，小心翼翼往前挪了兩步，又停下。

慢著，他現在看起來是良心上頭親情氾濫了，要是冷靜下來熱情又沒了呢？

到時候會不會又會說自己放肆大膽，竟然敢坐他旁邊？

畢竟這男人的情緒轉變得太快，溫妤有點拿不準。

「需要扶嗎。」蔣禹赫忽然問她。

「啊？」沉思中的溫妤愣了下，還沒來得及把「不要」兩個字說出來，蔣禹赫的手已經伸過來了。

他輕輕搭著溫妤的手臂，緩步朝副駕位置靠近。

「……」

溫妤大腦瞬間一片空白。

兩秒不到，她被蔣禹赫送到了副駕駛的寶座上。

不僅如此，蔣禹赫還很體貼地幫她繫好了安全帶。

溫妤：「……」

謝謝，有被麻到。

溫妤渾身僵硬地坐著，雖然臉上看不到一點波動，心裡卻已經瘋狂炸開。

剛剛發生了什麼！

這個男人竟然主動和自己發生了肢體接觸？

他不是討厭女人碰他嗎？

那麼近的距離，溫妤甚至聞到了他身上那股沒有散去的菸草味，還有俯身時呼吸裡湧出的熱氣。

溫妤的心跳瞬間飆到了一百二。

那頭，見溫妤一動不動宛若木偶一般坐得筆直，蔣禹赫皺眉，「你幹什麼？」

溫妤猛然回神，拚命把自己的震驚藏在表情之下，咽了咽口水，擠出一個笑道：「……沒，哥哥突然對我這麼好，我有點不習慣而已。」

豈止是不習慣。

她現在從頭髮絲到腳底板都透著強烈的不適！

蔣禹赫卻不輕不重地嗯了聲，「那就習慣習慣，以後都會這樣。」

「……」

溫妤被他弄得渾身不自在，連帶著戲都不那麼自然起來：「哥哥，你最近是不是哪裡不開心？」

「不開心不能悶著的，不如你跟我說說，說不定我能開導你呢？」

不管怎麼樣別拿我尋開心好嗎？

你這樣讓人非常害怕！

蔣禹赫開著車，餘光輕飄飄瞟了眼溫妤。

不開心？

的確是有那麼一點。

從那天發現自己錯怪了她而產生了一種內疚感開始。

從昨晚看到她哭哭啼啼可憐無助而產生的無奈感開始。

蔣禹赫終於意識到，自己二十六年不受拘束的生活開始多了這麼一個甩不掉的尾巴。

想起來是挺煩的。

他習慣了自由，討厭生活被打擾，討厭情緒被人左右，討厭一切試圖改變他的存在。

可說到底，當初從療養院門口把人帶走的是自己。

既然人是他帶回來的，也就沒什麼好抱怨。與其冷淡消極，不如積極一點如醫生所說，配合她演演兄妹情深，希望能早點喚起她的記憶，也好早點送走還自己一個清淨。

「沒不開心。」他回溫妤，「你想多了。」

溫妤：「……」

之後兩人便沒再說話，溫妤也在悄悄消化兩人突然質變的關係。

車開到別墅後，蔣禹赫把車停在門口：「你先回去，我還約了人。」

溫妤邊解安全帶邊隨意問：「還去哪裡啊，都這麼晚了。」

蔣禹赫慣性的回應本是「關你什麼事」，但話到嘴邊又想起眼下的任務，便逼自己收了回去，耐心回道：「我約了朋友射箭。」

「射箭？」

溫妤眼睛一亮，解開的安全帶又扣了回去，「聽起來好像很有意思的樣子。」

蔣禹赫注意到了她這個小動作，側頭看著她。

溫妤眨了眨眼，「哥哥，我也想去玩。」

「……」

蔣禹赫手停在方向盤上很久，在內心做了幾秒鬥爭，最終屈服。

畢竟剛剛還一臉友愛地說以後都會對她好，現在只是想跟著出去玩一下，這麼小的事如果都拒絕，似乎就有些打臉了。

算了。

蔣禹赫發動汽車，「走吧。」

溫妤原本只是說著試試，沒想到蔣禹赫竟然同意了。

她開始真的相信，這個男人是被自己昨晚的那番話打動，經過深刻的後悔和反省後，認知到了自己的錯。

一定是這樣！

溫妤沒想到自己一場即興表演竟然解決了她這麼久都無法攻克的難題。

意外之喜大概就是這樣吧。

十分鐘後，車停在京市一家私人射箭館。

以前溫妤有朋友玩過射箭，對這個運動略懂一二，雖然不太會玩，但知道是個玩到高階就開始燒錢的愛好。

蔣禹赫約了朋友，溫妤聽他介紹，原來是國內飯店業的大boss，祁敘。

溫妤對這個男人有印象，之前在網路上查蔣禹赫資料和採訪的時候，經常能看到這兩人的報導，知道他們是很好的朋友。

「這位是？」見面後，祁敘指著溫妤問蔣禹赫。

見蔣禹赫一時沒想出合適的詞介紹自己，溫妤馬上主動自我介紹，「你好祁總，叫我小魚就好了。」

簡單介紹過後，蔣禹赫就跟祁敘離開了。

溫妤坐在一邊看他們玩。

蔣禹赫脫了外套，黑色襯衫袖子半挽，站定時開弓拉弦的樣子從背後看絲毫不輸那些娛樂圈的明星和男模。

溫妤悄悄從背後拍了一張他的照片，然後傳給尤昕。

尤昕：【?誰呀?】

溫妤：【你打幾分?】

尤昕：【看背影能看出來個屁，有本事給我看正面。】

溫妤看著螢幕笑了笑。

正面啊。

她抬頭，悄悄挪動腳下的輪椅，換了一個能看到蔣禹赫側顏的位置。

然後趁他不注意，又迅速偷拍了好幾張。

鏡頭裡，男人持弓目視前方，身姿挺拔有型，箭射出去的瞬間，一臉的從容冷靜。

溫妤看了幾眼，重新打開微信回覆尤昕：【正面不能給，怕帥到你。】

尤昕傳來一個鄙視的表情符號：【我們圈裡我什麼帥哥沒見過？除非是蔣總那個等級的，不然其他都帥不死我，你放心大膽地傳來。】

溫妤抿了抿唇，字和照片都打出一大堆了，想了想還是刪掉。

蔣禹赫這個話題一旦開了頭，她相信尤昕能纏著自己不眠不休問到天亮。

安全起見，還是暫時算了，下次再說。

於是換了話題問她：【你最近怎麼樣？】

尤昕：【剛剛結束一個組的拍攝，現在在家休息，暫時沒戲可拍。】

尤昕：【對了，我已經退出那個名人會的群組了。】

溫妤一愣，馬上問：【為什麼？】

【他們把你的原來的帳號踢出群組了，我留在那也沒什麼意思。而且現在大家都捧著趙文靜，我可演不出來捧她臭腳的樣子，索性退了一了百了，原本她們也是看你的面子才讓我進。】

名人會是江城富二代組成的小團體，溫妤沒出事之前，在裡面算是被眾星捧月般的存在。如今竟也說踢就踢了。

溫妤原來的手機掉了，微信沒了驗證也上不去，她也懶得去花精力找回。因為對她來說，過去的一切既然丟了，那就丟個乾淨好了。

現在的自己是一個全新的溫妤。

溫妤安慰尤昕：【沒事，退了就退了，以後姐妹重新帶你飛。】

正低頭傳著訊息，溫妤突然感覺到有目光停在自己身上。她抬頭一看，果然——

蔣禹赫和祁敘不知是不是說到了她，眼下都看了過來。

溫妤的思緒一時還停在尤昕身上，忙措手不及地堆起一個笑臉，然後裝作乖巧的樣子，雙手高舉過頭頂，遙遙對蔣禹赫比了一個心。

祁敘輕輕笑了，轉過來一邊擦著弓一邊問蔣禹赫：「她對你比心呢，你不回一個？」

蔣禹赫嗤了聲，目光緊盯著箭靶，「我沒那麼無聊。」

「不無聊還把人家帶回家，」祁敘架好弓，和蔣禹赫同時拉弦：「該不會是見她失憶了就想趁機占為己有吧。」

「有病。」

對話間，兩個男人的箭幾乎同時射了出去。

箭靶拉近，雙方成績一目了然，祁敘意味深長道：「想什麼呢，今晚你好像狀態不好。」

蔣禹赫沒回，低頭整理著弓箭，頓了頓，「你有沒有認識治療失憶這方面的專家。」

祁敘沉思片刻，「之前有個國外的醫學博士在我們飯店開醫療講座，好像就是這方面的專題，我隱約記得他們嘗試過一種治療方式，好像會有效，不過很痛苦。」

說著，祁敘轉頭看了眼正無聊四處張望的溫妤，「我覺得她不一定能承受。」

蔣禹赫卻好像沒聽到後面的那句補充，直接說：「把那個博士的聯繫方式給我。」

&

從射箭館回來，溫妤心情很好。

雖然只是在場館裡坐著，但都好過回去對著三等公民房間的四面牆，無聊透頂。

而且，看蔣禹赫射箭也的確是一道賞心悅目的風景。

溫妤偷偷看了眼蔣禹赫，男人在專心開車，並未注意到她。

想了想，人家都帶自己出來玩了，作為回報，自己也是時候說點什麼了。

於是溫妤清了清嗓，坐正開始營業：「哥哥，你射箭的樣子好帥啊。」

蔣禹赫：「……」

「你光是往那一站，旁邊的人都黯然失色了。」

「……」

「真的，我看到很多美女在偷偷拍你和祁總，一定是你們的魅力征服了她們。」

「……」

蔣禹赫看著前方，單手操控方向盤，另一隻手撐在車窗上，明顯有一個紓解呼氣的動作。

他在努力接受這樣嘰嘰喳喳的車廂。

過了會，「是嗎。」

蔣禹赫聽起來似乎很有興趣地跟溫妤繼續這個話題，實則臉上毫無表情：「那你覺得，我和祁總誰更有魅力。」

好傢伙，還挺不要臉的。

問這問題不就等著我誇你嗎。

溫妤可太懂了。

按照套路溫妤也的確是該把蔣禹赫往天上誇才對。

不過今天她不打算這麼做。

因為有時候過分殷勤會顯得自己像個沒原則只會拍馬屁的舔狗，這一招起初可能會有效果，可時間久了就會讓人厭煩，且覺得你虛情假意。

舔狗舔到最後只會一無所有。

溫妤要做的，就是給已經陷在舒適區的蔣禹赫當頭一棒。

用冷酷的現實告訴他，自己絕對是一個有原則、有品格、公平公正的女人。

何況人家祁總本來就比他要熱情一點，中途還知道為自己送水喝。

沒錯，今天就是要誇祁總。

溫妤故意做出認真對比思考的樣子，「祁總那種白襯衫金邊眼鏡的搭配就很絕，帥氣穩重，成熟睿智，充滿了令人遐想的、高貴的、禁欲的、神祕的氣質。」

蔣禹赫沒做聲，等著她繼續評價自己。

然而等了兩秒，「這方面哥哥你就差了點。」

「？」

「所以對不起哥哥，我選祁總。」

「……？」

蔣禹赫冷笑一聲。

真是個好妹妹。

給你吃給你住還他媽客串演你哥哥，最後竟然比不上一個剛認識的男人？

蔣禹赫一言未發地繼續開著車。直到一個十字路口他停下，才冷冷對著空氣說：「別遐想了，人家有女朋友，輪不到你。」

說起來連溫妤自己都不敢相信，這樣一個冬至夜後，她竟然從蔣家的三等公民一躍升到了與蔣禹赫比肩的一等地位。

蔣禹赫似乎是真的痛改前非，履行起了一個當哥哥的責任。

這個身分轉變給溫妤帶來的最明顯的好處便是——她的房間被換到了二樓蔣禹赫的隔壁。

被十二姨告知要搬到樓上去的時候，溫妤不敢相信自己的耳朵。

在那一刻，她終於理解了宮鬥戲裡那些被關在冷宮多年忽然復寵住回豪華宮殿的滋味。

老天垂憐，三等公民溫妤也終於等到了這一天。

十二姨說：「人直接跟我走，這個房間的一切都不用拿了，少爺都幫你換了新的。」

溫妤的腳都歡歡喜喜地踏出房間了，冷靜了下，又收了回來。

等會，有件東西，她必須要帶走。

那天去二手奢侈品店，溫妤想把包包和袖釦一起賣了，沒想到包包倒是賣得很順利，袖釦卻無法出手。

原因是背後刻了那個J的字母。

接近五十萬塊的袖釦叫現在已經破產的溫妤丟了又有些不甘，她便拍了照掛在二手網站上，期待著哪天有喜歡J字母的人能買走。

這是她留在這個房間裡唯一的祕密，也是罪證，必須要保存好。

悄悄從抽屜深處取回袖釦，溫妤才安心地去了二樓。

新房間果然如十二姨所說，置換了全新的高檔寢具，衣櫃裡也都是吊牌未拆的當季新款，就連沐浴產品都也成了愛馬仕的香水沐浴露。

前千金大小姐溫妤，在碰瓷來的哥哥家裡，再次成為了千金大小姐☺

大概是人逢喜事爽，那兩天，溫妤的腿都神奇地飛速恢復著，到了週末的時候，她已經可以不用攙扶慢慢走動了。

脫離了輪椅，總算離正常人又近了一步，雖然鼻軟骨挫裂恢復很慢，現在鼻子上還貼著紗布，但溫妤已經滿足。

她也知道自己得到的這一切都是因為蔣禹赫，所以平日裡對這個男人都是恭恭敬敬，乖乖巧巧，做足了一個妹妹該有的本分。

只是偶爾和他相處的恍惚間，溫妤會想起親哥哥溫清佑。

六歲分開至今，兄妹倆再無聯繫，也不知道他現在怎麼樣了。

今天週六，難得蔣禹赫在家休息沒去公司上班，中午十二姨做好了飯，溫妤自告奮勇上樓叫蔣禹赫起床。

因為地位的直線提升，溫妤現在已經可以在整個蔣家別墅自由出入，儼然一副蔣三小姐的派頭。

她來到蔣禹赫臥室門前：「哥哥，醒了嗎？」

繼續咚咚兩聲——

「哥哥，下樓吃飯啦！」

一直沒得到回應，溫妤把耳朵貼在門上，想聽聽裡面的動靜，誰知門突然就開了。

溫妤措手不及朝前撲了過去，很自然地撞到了蔣禹赫懷裡。

自從上次在沙發上睡覺的事，溫妤很清楚蔣禹赫不喜歡女人碰他，儘管自己現在被他暫時接受，但她也絕對明白蔣禹赫那道不可觸碰的底線。

因此眼下這麼一撞，溫妤立刻站直並後退三步，目不斜視：「對不起哥哥，我不知道你突然開門。」

蔣禹赫裹著浴袍，頭髮濕漉漉的，應該是剛剛洗完澡，身上還泛著熱氣。

「知道了。」他似乎沒在意剛剛的接觸.

「嗯好。」溫妤說完轉身就走，生怕被這個男人誤會自己想占他便宜，好不容易緩和的兄妹之情再出現什麼差錯。

十分鐘後，蔣禹赫換好衣服下樓，邊繫衣釦邊跟溫妤說，「吃完午飯帶你去個地方。」

「去哪裡？」

「到了就知道了。」

「……」

溫妤看了眼窗外。

今天是週末，陽光很好。

的確是一個適合出門培養感情的好日子。

腦子裡頓時有了各種兄妹情深的和諧畫面，溫妤笑瞇瞇地應下，「好的。」

午飯後，兩人一同上了車。

因為是私人出行，蔣禹赫沒叫老何來，自己開車。

車裡電臺放著輕快的音樂，陽光暖融融照在身上，溫妤坐在蔣禹赫旁邊，心情十分美麗。

按照這個進度發展下去，用不了多久她和蔣禹赫的「兄妹」關係就應該能穩定下來，那麼慢慢滲透進他的圈子，找機會解決沈銘嘉也就指日可待了。

一切都在自己掌握之中。

半個月前還被那一重重的陰霾籠罩，沒想到一場車禍，自己又跟這外面的天氣一樣，陽光燦爛了。

這一切，都應該感謝身邊的這個男人。

想到這裡，溫妤不禁感慨萬千，詩興大發，轉身看向蔣禹赫。

「哥哥。」她眨了眨眼，緩緩深情道：「你若安好，便是晴天。」

蔣禹赫：「……」

恰好這時電臺音樂停了，主持人歡快地播報導：「好的接著我們來看看未來二十四小時的天氣，今天夜裡到明天白天預計將有大範圍的暴雨和降雪，部分地區或有土石流和山崩的可能，氣象局已經發佈了黃色警報，大家要及時做好防備……」

車內安靜了幾秒。

溫妤非常鎮定地撥了下瀏海：「對不起哥哥，當我剛剛什麼都沒說過。」

半小時後，車停在一處環湖別墅門口。

蔣禹赫下車，告訴溫妤：「在這等我，我打通電話馬上回來。」

「好。」

他前腳剛走，周越的電話緊跟著就打了進來。

溫妤嚇了一跳，趕緊把手機按成靜音，看了看蔣禹赫的背影，確定他暫時不會回頭後偷偷接起：

「喂，怎麼了周祕書？」

「小姐，您最近方便回一趟江城嗎？」

「最近？為什麼？」

「拍賣的房產有些手續需要您簽名辦理，畢竟是您名下的。」

「……」

溫妤怔了片刻，「一定要我本人嗎？」

周越：「一定，而且溫總最近情緒不太好，如果您方便，最好是回來跟他見一面。」

周越提到了父親，溫妤心一沉，知道這一趟是怎麼都避免不了了。

可她現在這個狀況怎麼離開京市？

掛了電話，溫妤開始考慮能合理離開京市的理由，可對一個立下失憶人設的她來說，似乎根本沒有什麼辦法。

溫妤有些煩躁地往靠背上撞了撞後腦，不經意間，手肘帶到了中間置物盒裡的東西，掉到了後排。

她低頭，看到是一份文件。

以為是蔣禹赫工作上的東西，溫妤沒多想，隨手彎腰撿了起來。

卻看到了上面用英文寫的標題——〈治療方案〉。

治療？

溫妤疑惑一愣，直覺這份文件跟自己有關。

她立即接著往下看，沒一會，整個臉色變了。

這份報告不知是誰提供給蔣禹赫的，全英文，是關於自己失憶的治療建議。

簡單來說，叫做電擊治療。

透過對大腦進行電流放電，達到喚醒她深層記憶的效果。

溫妤直接看傻了。

在不遠處打電話的蔣禹赫這時轉過身，朝車的方向走過來，溫妤立刻把文件塞到背後。

男人對她做了個下車的手勢，口中對話沒停——

「嗯，我在門口了，現在帶她過來。」

「你們做好準備。」

溫妤：「……」

？？？

？？？？

這兩句話結合剛剛看到的文件，溫妤倏地就明白了。

好傢伙，原來不是哥哥帶妹妹溫馨過週末，是他媽送她來電擊！來用刑！

溫妤瞬間腦補出了自己被連上各種儀器五花大綁在床上的慘狀。

蔣禹赫見她不動，拉開車門催促：「下車。」

溫妤：「……」

這簡直是明知山有虎，不得不向虎山行。

不然怎麼開口？這可是醫生給出的治療方案，難道她要拒絕嗎？
那她什麼居心？賴著人家家裡不想好了？
這件事來得太突然了，溫妤毫無準備，連個應急措施都沒有。
她心事重重地下了車，跟在蔣禹赫後面，偶爾抬頭想問點什麼，卻幾番欲言又止。
蔣禹赫見她越走越慢，回頭問：「你幹什麼？」
溫妤慢吞吞抬頭看了他一眼，頓了頓，兩步跟上去。
「……哥哥，我肚子有點疼。」
「剛剛不是還好好的？」
「呃，」溫妤急中生智，彎下腰按著小肚子，「我大姨媽突然來了。」
你總不能讓我流血又流淚吧？
要不今天就算了吧？
然而蔣禹赫卻過來拉住她的手腕往前走，「不影響，一會就好了。」
「……」
好傢伙，立場這麼堅定，反正今天非電我一次你才滿意是嗎？
剛剛天氣的事記仇了是不是？覺得我在詛咒你是不是？
行吧。
叛逆的溫妤忽地站直了腰。
不就電一下嗎，OK的，一個經歷了破產劈腿車禍的人還會把這種小事放在眼裡？

就當是生活的一種體驗，沒什麼大不了，總不會把她電死。

既然拿了虐渣劇本，就要勇於面對一切挑戰。

做好心理建設的溫妤儼然看淡了一切，平靜地說：「那待會找根木棍給我咬著總可以吧。」

你可以電我，但不可以看到我被電到癲狂的樣子。

這是美女大小姐最後的倔強。

蔣禹赫皺眉看著她……？

帶著赴死的心，溫妤被蔣禹赫帶到一間別墅門口，一個男人迎了上來：「蔣總，好久不見。」

蔣禹赫也與他握手，兩人寒暄了幾句，話題才落到溫妤身上。

「治療者就是她嗎？」男人問。

蔣禹赫點點頭，「有勞劉團長。」

男人回頭引路，「那小姐跟我過來吧，蔣總在門外等一下。」

饒是剛剛做足了心理建設的溫妤，真正到了現場，心底還是不由得虛了起來。

房間不算大，有點像傳說中的小黑屋，一個女人溫溫柔柔地把她帶到一張床前，輕聲細語道：

「別緊張，您躺下就可以了。」

溫妤努力深呼吸著躺下來，眼看對方拿了一個看不懂的工具上前時，蹭地一下又坐了起來。

「對不起，能不能給我一張紙和筆，我怕我被電過去了，我的財產沒人繼承。」

女人微愣，而後輕輕地笑，「別怕，我們的催眠冥想治療不通電的，你聽著音樂跟著我說的做就好了。」

溫妤睜大眼睛：「……催眠？」

溫妤治療的時候，蔣禹赫坐在別墅門外的庭院等。

劉團長幫他泡了杯茶，「很快的，半小時就好。」

蔣禹赫嗯了聲，想起了什麼似的，問他：「上次在江城的演出，你在現場有沒有看到一個穿黑色絲絨長裙的女人？」

劉團長是上次音樂會現場交響樂團的團長，和蔣禹赫認識很多年了。

他皺了皺眉，回憶半晌，「還真沒注意，怎麼，你找這個人？」

蔣禹赫本想說什麼，但話到嘴邊又收了回去。

他抿了口茶，朝做治療的房間看了眼，「這種冥想真的有用？」

「我愛人專攻這個課程，再加上我們團最優秀的大提琴手親自上陣，你放心。對了，你剛剛說音樂會——」

團長話一頓，把話題又繞了回去：「過兩天我們還要去一趟江城，上次音樂會有一位嘉賓聽了我們的演出很喜歡，下週她過生日，邀請我們過去演奏。」

「嘉賓？」

「嗯，好像是叫……趙文靜。」

溫妤以前聽說過催眠。

想像中的催眠就好像在玩真心話的遊戲，一不小心自己的祕密就會被暴露出來。

所以當面前這個女人說，她要進行的是一種催眠冥想治療時，溫妤雖然暫時從電擊的恐懼中脫離出來，但還是不敢放鬆半分。

畢竟她的失憶是裝的，萬一真的被催眠套出什麼不該說的話來，蔣禹赫可能會當場讓她重新投胎做人。

溫妤聽從地躺下來，女人點上一盞薰香，另一邊的漂亮姐姐拉起了低緩的大提琴。

「今天我為你選擇的催眠方式是時光回溯引導法，你放鬆。」

老師的聲音很溫柔，這讓溫妤還沒開始就已經有種無限放鬆的感覺。

這不是個好兆頭。

溫妤當即狠狠掐了把大腿，告訴自己千萬要保持清醒，不能被治療師帶跑了！

於是治療師說放鬆，她便高度警惕。

治療師說想像面前是一汪平靜的海水，她立刻就在腦子裡想爆發的火山。

治療師說想像自己踏著一葉輕舟在湖間遊行，她就想自己光腳踩在燒紅的鋼絲上跳舞。

總之就這樣精神分裂地對抗過了十分鐘後。

劉團長的夫人，也就是這次的治療師丁老師打開門——

「蔣總。」

蔣禹赫抬頭，隨即又看手錶，「不是要半小時嗎？」

「是。」丁老師無奈地指著裡面，「可她睡著了。」

「……」

這是一次不成功的治療。

但丁老師還是告訴蔣禹赫：「我看得出她內心深處有很多的不安，但我暫時還沒找出原因。你不妨在生活中對她多一點關心，多照顧一下她的情緒，對她的病情會有好處。」

溫妤這一覺睡了整整一個小時。

醒來的時候她發現自己躺在一個陌生的地方，遲鈍了幾秒才突然想起——

靠，自己剛剛正在被催眠！

接著整個人像彈簧似的坐了起來。

完了。

溫妤不知道明明在頑強對抗的自己怎麼會突然睡著，但如今更重要的是，她不知道睡過去了的自己有沒有對催眠師說漏什麼？

現在房裡很安靜，一個人都沒有，只有淡淡的餘香還環繞著。

溫妤有些慌，小心翼翼地下了床，輕輕推開門，看到蔣禹赫坐在別墅院子裡的玻璃桌檯前。

似乎是聽到了動靜，他遠遠地投來一瞥，目光依然是熟悉的銳利，好像一眼就能看穿溫妤心裡的那些小算盤。

溫妤無法從他現在的眼神裡找到什麼線索，兩隻手不安地絞在一起，想了想，還是決定先按兵不動，見機行事。

她裝作平靜地走到蔣禹赫身邊，看到劉團長和他雙雙站起，兩人再次握手：「那到時候江城再見。」

「好。」

溫妤旋即一愣，蔣禹赫要去江城？

還在想，男人的聲音傳來：「醒了？」

溫妤回神，點點頭，小心試探道：「哥哥，那個老師有跟你說什麼嗎？」

蔣禹赫淡淡看著他，「你說呢？」

這三個意味不明的字簡直令人頭皮發麻。

溫妤腿有點軟，底氣幾乎被抽光，但還是強撐淡定，「我不知道啊。」

蔣禹赫冷笑一聲，「你當然不知道，丁老師做了十多年的治療，你是第一個在治療時打著呼從頭睡到尾的。」

「……」

溫妤繃到緊的神經忽然一鬆——

這麼說，自己應該全程都在睡覺，沒說一句話吧？

而且如果有說什麼，蔣禹赫也不會是現在這個樣子。

太好了……

溫妤暗暗呼了口氣，正慶幸自己躲過一劫，注意力後知後覺被打呼兩個字拉了回來。

打呼？

怎麼可能？

仙女大小姐怎麼可能打呼！

溫妤立刻為自己辯解：「我睡覺很安靜的，從不打呼。」

然而蔣禹赫似乎沒興趣聽她的解釋，轉身就往停車的方向走。

溫妤覺得被冒犯到了，小碎步跟在他身後，「老師真的聽清楚了嗎？我怎麼可能打呼呢？哥哥你相信我，要不這樣——」

溫妤非常在意自己的美女形象，「你今晚到我房裡來，等我睡著了你聽聽我會不會打呼。」

蔣禹赫腳下一頓，回過頭來。

視線對接，溫妤驀地一怔，也意識到自己好像又越界了。

竟然邀請一個男人晚上來自己的房間。

有居心不軌的嫌疑。

只好尬笑了下：「……我開個玩笑而已。」

兩人回到車上後，溫妤拿起座位上的那份文件，心有餘悸地拍了拍胸口，「剛剛我真的以為哥哥你要送我去電擊。」

這份電擊的方案是祁敘認識的那位醫學博士前幾天托人送給蔣禹赫的。蔣禹赫雖然覺得這個憑空生出來的妹妹有些打擾他的生活，但到底是一個女人，他還不至於為了快點送走這個包袱而送她去接受那種痛苦的治療。

他還沒那麼冷血。

後來聽劉團長提到了這種對人的大腦有放鬆和引導回憶作用的冥想治療方案，他才決定帶溫妤過來試一試，好歹這種方法比較溫和，就算不成功也不會受什麼傷。

但在溫妤面前蔣禹赫並不願意承認自己為她考慮了這麼多，故意板著臉：「如果催眠治療沒有效果，下一步就去電擊。」

「……」

溫妤哼了聲，把文件塞到自己看不見的地方。然後想起了什麼似的，稍稍坐正，又往蔣禹赫那邊靠了一點。

「哥哥，你要去江城嗎？」

蔣禹赫：「嗯。」

溫妤一直惦記著周越的那通電話。

房產簽名是其次，主要是周越提到了溫易安。

破產後溫妤曾經好幾次打電話給父親，可他都不肯接，只透過周越轉達。

溫妤知道父親好高騖遠，突然之間破產，心理上肯定接受不了，所以沒有強迫他來面對自己，也還好一直有周越在身邊陪著。

但現在連周越都說父親狀態不好，那一定是很不好了。

溫妤此刻心急如焚，恨不能馬上飛到江城。

可以她現在的人設根本找不到一個合理的可以離開京市的理由，唯一可以指望的，便是搭上蔣禹赫這趟順風車，跟著他回一趟江城。

這樣做雖然風險很大，但卻是眼前唯一的辦法。

電臺預報沒報錯，第二天的天氣的確很糟糕，狂風暴雨，吹得樹葉嘩嘩響。是週日，天氣又不好，蔣禹赫因此沒去公司。

溫妤見他在家，一大早就栽進了廚房。

想要別人答應自己的要求必須得先有所付出，溫妤臨時在網路上學了一道甜品，打算送去賄賂蔣禹赫。

但她原本就是十指不沾陽春水的大小姐，所以就算是把那道最簡單的食譜翻來覆去看了十多遍，實際操作的時候還是糗樣百出。

這是一道法式南瓜奶油濃湯，但因為業務不熟練，最後的奶油拉絲拉不好，溫妤反反覆覆做了五次才拉出了一個漂亮的愛心。

十二姨在旁邊看得直嘖嘴，「我們少爺不愛花俏。」

溫妤往完成的湯裡放了一顆小小的薄荷葉，然後滿意道：「你不懂，這叫兄妹情趣。」

十二姨：「……」

蔣禹赫雖然沒去公司，但很早就起來在書房辦公。

溫妤端著自己精心準備的小甜品去敲門：「哥哥，餓了嗎，要不要試下我親手做的湯。」

蔣禹赫皺眉，「湯？」

溫妤把湯端到他桌前，「法式南瓜奶油湯。」

說完還很做作地對著自己的左胸比了個心，wink 發射：「來自妹妹的心☺」

蔣禹赫：「……」

瞥了眼碗裡的奶油小愛心，他收回視線繼續看手上的 iPad，「知道了，待會喝。」

他這話溫妤明白，就是「你可以走了」的意思。

可湯沒喝下去，溫妤的算盤就沒機會打出來。

她磨蹭了會，端起碗繞到蔣禹赫身後，「可這個天氣甜品放一會就冷了，要不我——」

話沒說完，溫妤動作一頓，目光被 iPad 上的畫面吸引。

立刻裝作很好奇的樣子看過去，「這是什麼？」

蔣禹赫的 iPad 螢幕上是兩幅一模一樣的清明河上圖。

蔣禹赫平靜又隨意地反問，「你看像什麼？」

溫妤又仔細看了一遍，恭維道：「哥哥一定是在欣賞傳世名作，哥哥好高雅好有品味好有內涵。」

蔣禹赫不語，隨便用手指戳了螢幕兩處，一個彩色圖示跳出來——【恭喜你找到了第三百處不同！通關成功！】

溫妤：「……」

溫妤：「？？？」

是遊戲？

大意了，馬屁拍歪了。

蔣禹赫這時淡淡壓下平板，「有什麼事直說。」

溫妤知道自己這點小戲碼在蔣禹赫面前玩不出什麼花樣，既然他開門見山，她也就沒必要拐彎抹角了。

於是先露出一個羞澀的笑，然後趁熱打鐵表明了自己的訴求——

「我也想跟你去江城玩。」

蔣禹赫睨她，「不行。」

溫妤沒想到他當場拒絕，急了，「為什麼不行？我不會給你添麻煩的，我保證。」

「沒有為什麼，不行就是不行。」

蔣禹赫做事向來說一不二，他開口說不行，基本就沒有改變的可能。

可這一趟溫妤必須要跟著去。

好好說不行，只能耍賴了。

溫妤心一橫，趁蔣禹赫不注意，用湯匙舀了一口南瓜湯強行送到他嘴裡。

「我不管，現在你喝了我做的湯，吃人嘴軟，你就要帶我去。」

蔣禹赫被黏糊糊的東西糊了一口。

其實他是討厭吃這些甜品的，所以第一反應是低頭想吐出來，可就在垂眸那瞬，他忽然發現——

剛剛還有一顆漂亮小愛心的南瓜湯裡，小愛心不見了。

應該，是到了自己嘴裡。

想吐掉的欲望又莫名收了回來。

溫妤還委委屈屈地在旁邊繼續為自己爭取：「我只是想散散心，多走走，老困在家裡很無聊，我也沒有認識的人，讓我跟著你出去看看，說不定會對恢復記憶有好處呢？」

蔣禹赫面無表情聽著，過了會，喉嚨不受控制地做了個吞咽的動作——

？

他怎麼咽下去了？

溫妤做作比心的樣子又魔性在腦海裡蹦了出來：「來自妹妹的心。」

來自妹妹的心……

妹妹的心……

心……

「求求你了好不好？」撒嬌的聲音傳入耳裡，叫醒滿腦子都是「妹妹的心」四個字的蔣禹赫。

男人喉結不動聲色地又滾了兩下，試圖掩飾自己的走神。

「好。」他說。

溫妤眼睛一亮，還沒來得及高興，又聽男人補充道：「這個遊戲你能過關我就答應你。」

蔣禹赫邊說邊打開投影，把 iPad 上的遊戲投影到了牆面，兩幅更直觀的清明上河圖呈現出來。

「一共三百處不同，今天之前能過關我就帶你去。」

「……」

溫妤盯著密密麻麻的兩幅畫看了十秒，已經覺得要瞎了。

「你故意為難我，這根本不可能。」

「我只用了兩小時。」

「……」

所以這個男人為什麼連玩的遊戲都那麼變態啊？！

偏偏溫妤也是個倔強的性子，蔣禹赫越看扁她，她就偏要做到。

在地毯上盤腿坐下，溫妤盯著投影：「今天吃飯別喊我。」

蔣禹赫點頭，「你隨意。」

接著便出了書房。

蔣禹赫下午約了朋友見面，中午離開的時候溫妤沒下來吃午飯，到晚上他吃過晚飯回來了，客廳還是只有十二姨一個人。

「人呢。」

十二姨指樓上，「一直沒下來過。」

倒是有點韌勁。

蔣禹赫沒做聲，直奔二樓書房，推門一看。

好傢伙，挺大個人，竟然躺在地毯上睡著了。

再看牆上的通關紀錄，一下午了，只找出了二十八處。

蔣禹赫嗤了聲，輕輕踢了地上的溫妤兩下：「喂。」

「起來。」

溫妤一動不動，睡得比泰山還穩。

蔣禹赫見叫不醒，便也懶得理，直接繞開她回到電腦前處理起了郵件。

靜謐的書房裡，除了偶爾發出的鍵盤聲外，便是溫妤略有規律的打呼聲。

這聲音其實不大，像剛出生的小奶貓在哼哼。

卻擾得蔣禹赫屢次靜不下心來。

半小時後，他闔上看不下去的文件，抬頭看躺在地毯上的溫妤。

過了會，拿出手機，找到了錄音功能。

接著便開始了長達一分鐘的證據錄製。

錄完在耳邊重播了一遍，不知怎麼，蔣禹赫竟聽出了幾分笑意。

等意識到自己這不太合理的反應後，他又收起所有表情，嚴肅了片刻，起身走到溫妤身邊。

「喂。」他又喊。

可還是沒反應。

書房中央的垂吊燈光線很柔和，溫妤就這樣側躺在地毯上，長髮像黑色絲綢一樣鋪在地面，她呼吸均勻，睡得很沉，只是眼睫偶爾會突然顫一下。

手裡還緊緊握著遊戲用的感應筆。

蔣禹赫想起丁老師說的話——

「她內心有很多不安。」

「不妨在生活中多照顧一下她的情緒，對她的病情會有好處。」

她現在的情緒，就是想跟著自己出江城玩。

蔣禹赫揉了揉眉骨，有些無奈。

入冬了，夜涼如水，即便有地毯和暖氣也不能一直這樣躺在地上睡。

在管與不管之間遲疑了很久，蔣禹赫最終還是說服了自己，決定把溫妤抱回她的房間。

他蹲下，微微俯身，指尖觸碰到女人柔軟的腰時，他有兩秒的遲疑。

畢竟蔣禹赫很清楚，他和溫妤從來不是什麼兄妹。

而這樣的接觸，早已超過了普通男女該有的界限。

兩秒後，蔣禹赫的手還是快速穿了過去。

他輕鬆抬起溫妤的上半身，另一隻手去攬她的腿，就這樣剛把人抱起來距離地面十公分——

溫妤醒了。

她睜開了眼睛。

第四章　你哄我一下

這是一個猝不及防的四目對視。

顯然，大家都還沒做好準備。

氣氛突然變得微妙，連呼吸也好像被凝住了似的。

溫妤緩緩垂下眼眸，發現了蔣禹赫放在她腰間的手，以及正在進行的動作。

她詫異地張了張嘴，似乎想說什麼，但很快又無事發生般閉緊了眼睛。

看，我又睡著了！

剛剛什麼都沒有發生，我也什麼都沒看見！

只要我不尷尬，尷尬的就是你。

溫妤自以為把不知如何收場的皮球踢給了蔣禹赫，但她還是天真了。大佬就是大佬，大佬永遠不會讓自己置於尷尬之中。

他只會想方設法，把尷尬還給你。

比如這位姓蔣的先生。

安靜三秒後，他直接毫無人性地鬆了手：「太重了，抱不動。」

於是懸空十公分的溫妤像條剛釣出來就又被無情丟回去的魚般，碰一聲，重新落回了地毯上。

溫妤：……

？？？

蔣禹赫這個操作傷害性不大，侮辱性極強。

在江城，溫妤是所有名媛們爭相模仿的對象，她穿過的衣服，她做過的造型，每次都會成為新的流行風向標，唯一模仿不了的，就是她精緻高挑、纖穠合度的身材。可現在——

這個男人竟然說她重？！

拜託你懂不懂欣賞啊？

溫妤不服氣地坐正，試圖為自己正名：「我一百六十六，四十七公斤，哪裡重了？哥哥你是不是對重有什麼誤解？」

然而蔣禹赫卻一直盯著電腦螢幕，沒再給他半分眼神。

溫妤知道，娛樂圈都喜歡骨瘦如柴的女人，那樣上鏡好看。

估計蔣禹赫也是這樣的審美吧。

說句膚淺沒品味也不為過。

知道男人工作的時候不喜歡被打擾，所以溫妤也就只是在心裡腹誹了幾句，便揉著屁股自覺滾出了書房。

直到門被徹底關上，蔣禹赫才莫名鬆了一口氣。

他抬頭看著門的方向，腦子裡不斷閃現剛剛和溫妤對視的那一眼。

這是他們第一次靠得這麼近。

雖然溫妤鼻子上還貼著貼布，但她的眼睛，蔣禹赫看得清清楚楚。

外眼角略彎，眼尾細長，整個眼瞼的弧度像兩片桃花的花瓣。

目光灼灼，美豔誘人，又不失靈氣。

不知道是不是自己的錯覺。

總覺得好像在哪裡見過。

蔣禹赫閉眼揉了揉額角，又起身推開了書房的窗，想讓寒涼的夜風驅走心裡那些奇怪的感覺。

過了好一會兒，他才打電話給厲白，「把去江城的機票退了，讓吳機長儘快去航管局申報一下行程，這次坐私人飛機過去。」

以前為了陪蔣老太太出去旅遊，蔣禹赫曾經買過一架私人灣流飛機。現在老太太去了國外，飛機就一直停在機場沒怎麼動。

因為每次都要申報航管局，蔣禹赫覺得麻煩，所以一般自己出行都是直接搭乘民航。

但這次不能。

溫妤現在基本算是一個黑戶，沒名沒身分證，民航是肯定坐不了的。

厲白對蔣禹赫的臨時改變感到不解，「怎麼會突然要動用私人飛機？」

蔣禹赫沉默了片刻，「家裡那個尾巴鬧著要一起去。」

「……」

蔣禹赫提出的滿足條件太變態，溫妤用盡全身精力奮鬥了一下午，差點把眼睛看瞎，也只找出了二十八處不同。

離過關的三百處還差了一個地球那麼遠。

溫妤不知道這個男人哪來的毅力玩這種遊戲，關鍵是毫無樂趣可言，清明上河圖看著無聊又枯燥，還不如玩消消樂。

沒完成挑戰，也就意味著沒辦法跟蔣禹赫一起去江城。

溫妤只好積極地想起了別的辦法，就在她準備孤注一擲進行第二次離家出走的當天晚上，蔣禹赫回來後突然叫住她。

「去泡杯咖啡給我。」

溫妤老大不情願的：「晚上喝什麼咖啡，你不睡覺嗎？」

蔣禹赫睨她，「不泡？」

臭男人，就知道使喚自己。

溫妤雖然還在計較他不帶自己去江城的事，但礙於貼心妹妹的人設不能倒，只能一邊嘀嘀咕咕一邊走去準備。

咖啡泡好後她送到書房，蔣禹赫喝了一口，才不緊不慢地說，「把需要的隨身物品收拾一下，明天早上跟我去江城。」

溫妤人都轉身走到門口了，忽然聽到這麼一句，還以為是自己聽錯了，轉身看向蔣禹赫，「你說什麼？」

蔣禹赫：「不想去也沒關係。」

……

驚喜來得太突然，溫妤覺得像做夢似的，怔了兩秒後才回過神，激動到語無倫次：「謝謝哥哥！」

「哥哥一定是天上的菩薩！」

「哥哥好人一生平安！」

「現在我十分想演唱一首世上只有哥哥好！」

……

蔣禹赫一臉嫌棄地聽著這些彩虹屁，而後端起杯子，將唇角不經意露出的一絲笑意抿在了醇厚的咖啡香中。

溫妤二十歲的時候，溫易安買了那輛跑車給她做生日禮物。當時溫易安說等她結婚了再送一輛私人飛機當嫁妝，但以溫家現在的情況，顯然這個嫁妝是不可能了。

但好在靠著碰瓷來的哥哥，溫妤還是體驗了一次私人飛機。

其實和頭等艙差不多的感覺，只是多了更多的隱祕空間，整個機組的服務也更加人性化和客製化。

這次跟著蔣禹赫隨行的除了溫妤和厲白之外，還有他的祕書及另一位亞盛影業的藝人總監。

溫妤一直不知道蔣禹赫去江城的原因，飛機起飛後她偷偷問厲白，厲白告訴她——有公事，也有私事。

公事溫妤看出來了，但私事？

蔣禹赫在江城能有什麼私事。

不過這些對溫妤來說不重要，她現在唯一期盼的就是落地後能儘快找到機會去見一趟父親。

空服員送來精緻可口的點心和水果，溫妤一邊吃一邊看窗外的風景，耳邊偶爾傳來蔣禹赫和那位總監討論工作的對話——

「黎蔓和我們的合約還有一年八個月，前幾天她來公司找過我，希望我能幫她安排一些工作露露臉，您的意思……」

蔣禹赫翻著手裡的一份文件，不慌不忙答他：「前不久星辰衛視不是有一檔法律單元劇叫我們選一些演員過去嗎，就她吧。」

總監：「……」

聽得溫妤直呼好傢伙。

讓曾經在違法邊緣試探的當紅女星跑去拍鐵窗淚，蔣禹赫教做人果然有一套。

溫妤想拿個小本本記下來，以後也用一樣的方法去教教沈銘嘉。

剛想著渣男的名字，冷不防地，總監又開口了：「上次我整理給您的那個沈銘嘉的資料您看了嗎，如果沒問題的話，我想下個月把他的影視約簽過來。」

溫妤一噎，嘴裡的香瓜差點哽住。

還好沒人發現自己的失態，溫妤趕緊不動聲色地拿衛生紙擦了擦嘴，然後坐直，想仔細聽聽蔣禹赫要怎麼回答，那人的聲音卻低了下去。

隔著兩排座位，她聽不清。

這可不行。

跟渣男有關的情報溫妤一個都不能錯過。

她看了眼擺在面前的水果盤，驀地端起轉身。

然後走到蔣禹赫身邊，在他隔壁空著的位置上理直氣壯地坐下。

蔣禹赫皺眉看她：「你幹什麼？」

溫妤早想好了理由，怯生生道：「氣流太大了，我怕，想坐哥哥旁邊。」

蔣禹赫：「……」

對面坐著的祕書和總監紛紛自覺低下頭，假裝很忙地找事做。

畢竟在不明真相的外人眼裡，溫妤就是蔣禹赫帶在身邊的女人，而她口中喊的哥哥，在他們看來也不過是一種情趣稱呼。

蔣禹赫有些尷尬，咳了聲：「回去，我們在開會。」

溫妤：「我不說話。」

「我在開會。」男人聲音微揚，又重複了一遍。

溫妤還是眨眨眼，給嘴巴做了個拉上拉鍊的動作：「我保證不說話。」

說完天真可愛地插了一塊香瓜送給蔣禹赫：「哥哥吃瓜嗎。」

蔣禹赫：「……」

立刻推開溫妤的手，「不用，你給我坐好別動。」

Get。

溫妤就知道，自己一旦開始得寸進尺，蔣禹赫就會馬上妥協。

她滿意地笑了笑，「知道啦。」

「我們繼續說。」蔣禹赫下意識扯了扯頸間的領帶，接著剛才的話題：「沈銘嘉幾項綜合數據看起來還不錯，但戲差了點，背後是誰在捧？」

總監：「他家裡算有點小錢，前期很多資源都是自己花錢砸的，背後應該乾淨，沒人。」

蔣禹赫：「私生活關係查過沒有。」

總監點頭，「聽說之前有個圈外的女朋友，也有點來頭，好像是……」

！！！

溫妤沒想到蔣禹赫會問這個問題，更沒想到這個總監似乎還知道自己的存在。

她心跳瞬間加速，一口香瓜停在嘴裡愣是不敢往下咬，屏息等著總監的話。

還好幾秒後，總監大喘氣地回道：「一時想不起是誰了，但確定已經和平分手，不會有出來撕的隱患。」

蔣禹赫聽完抿了口咖啡，良久才漫不經心地點點頭：「那抽空簽了吧，時間不用太長，這種路子的最多紅兩年。」

「好。」

討論結束，溫妤額上差點冒出冷汗。

還好。

心跳逐漸恢復，平靜下來，溫妤慢慢消化著得到的資訊。

以前因為想要做一個不干涉男友事業的貼心女友，關於沈銘嘉的事業溫妤很少插手過問，這或許也成了方便他劈腿的一大原因。

現在溫妤得知他這個噁心的前男友竟然有可能要簽進亞盛？

這不可以，絕對不可以。

沈銘嘉也配？？

他還真有臉說和自己是和平分手的。

沒錯，溫妤是圈外人，她的確不會公開下場和沈銘嘉撕破臉，但總監說錯了。

溫妤之所以忍辱負重碰瓷蔣禹赫這位娛樂圈金字塔頂端的資本大佬，就是為了能近水樓臺，找到機會讓沈銘嘉為自己的虛偽欺騙付出代價。

她要的又何止是一個撕破臉那麼簡單。

她要的，是徹底拿走這個男人愛的那些名譽和光環，是讓他一無所有。

如果蔣禹赫現在花重金把沈銘嘉簽進來，到時候他被自己搞翻車了，受到直接損失的還是蔣禹赫和他的公司。

雖說是碰瓷來的哥哥，但溫妤也不希望蔣禹赫做虧本生意。

還好簽約在下個月，溫妤還有時間去干涉。

沈銘嘉這個渣男妄想躋身一流娛樂公司？

做夢。

三小時後，飛機落地江城國際機場。

雖然只是離開了短短不到一個月的時間，但再次踩在這片從小長大的土地上時，溫妤竟產生了一種物是人非的感覺。

離開的時候還是萬人豔羨的溫家大小姐，回來卻已經一地唏噓，往日風光不再。

一行人下機後便直奔飯店。

溫妤在江城算是有頭有臉的人物，尤其是飯店、會所這種高級場合，基本上沒人不認識她。所以為了防止被認出後在蔣禹赫面前掉馬甲，她給自己戴了一頂帽子，再加上鼻子上貼著貼布，除非面對面坐下，否則很難有人能認出來。

蔣禹赫以自己的名義開了兩間房，溫妤住在他隔壁。

吃過午飯後，蔣禹赫說下午有事要忙，叮囑溫妤不要到處亂走。

「如果一定要出去，就讓厲白跟著。」

溫妤的心已經飛到了家裡，蔣禹赫無論說什麼她都點頭答應，只盼著這位大佬趕緊離開她好溜出去見一見父親。

好在交代了一番後，蔣禹赫終於坐車走了。

溫妤聽厲白說他是要去參加一個活動的啟動儀式，下午忙完後晚上還有晚宴，總之行程安排得很滿。

這對溫妤來說是一個絕佳的機會。

用不著晚上，只要自己在下午六點前趕回飯店，那麼即便晚上蔣禹赫知道了，最多也就說她兩句貪玩。

溫妤裝作體貼地關心厲白：「白哥，你坐了一上午飛機也累了吧？要不你去休息一會兒，我在飯店周圍轉一圈，很快就回來。」

厲白微笑著搖頭：「老闆說了，無論你去哪裡我都要跟著。」

「……」

溫妤知道多說無益，過多藉口反而會引來對方懷疑，便笑了笑，「好呀，那我們就出門逛逛吧。」

溫妤對江城再瞭解不過，她知道江城最熱鬧的地方是哪裡，於是上車後就跟司機說：「去望江橋。」

厲白問她：「這是什麼地方？」

溫妤故意拿起手機給他看，「我來之前做過攻略了，這個望江橋是江城的網紅地點，我們也去打一打卡。」

厲白沒有多想。

原本蔣禹赫也對他說了，這次帶溫妤出來就是為了讓她放鬆一下心情，看能不能對恢復記憶有幫助。

所以她要去哪裡玩，自己只要跟著保證她的安全就好，其他的都不必過問。

兩人來到瞭望江橋，果然跟網路上說的一樣，熱鬧擁擠，處處是人。

其實溫妤以前也沒來過這裡，她是千金小姐，出入的都是名流場合，而望江橋卻是普通老百姓愛逛的民俗傳統市集，與她的身分不匹配。

所以今天，她也是第一次來到這裡。

竟意外地有趣。

快跨年了，市集到處掛滿了喜慶的紅燈籠，溫妤看得很新鮮：「白哥你看那個燈籠好漂亮。」

一會兒又跑到皮影戲的攤位前看熱鬧，「有趣有趣。」

厲白跟著她，偶爾接兩句話，兩個人倒也玩得悠閒自在。

走到市集中心，溫妤看到了一個做彩色泥人的小攤，攤位上放了很多可愛的動物和小人。

其中有兩個特別可愛，一個是小男孩，一個是小女孩。

溫妤好奇地走了過去，「老闆，這小娃娃怎麼賣？」

攤主熱情地說，「五十塊錢一個。」

溫妤拿起兩個小娃娃看了又看，「他們是什麼關係啊？」

攤主笑了，「這不明擺著嗎？」對啊。」

「哦，」溫妤點了點頭又放回去，「那有沒有哥哥和妹妹的？」

攤主的笑容收了半秒很快又堆滿，「這不就是嗎？我剛剛說了呀，這就是一對，一個哥哥一個妹妹。我這個作品的名字就叫兄妹情深，限量的，就這一對。」

溫妤皺了皺眉，怎麼聽都覺得面前的這個攤主跟夜市裡那個算命的老頭是同一個口才班畢業的。

她想了想，轉身問厲白：「白哥借我一百塊可以嗎？」

溫妤雖然有錢，但這個時候拿出來花就暴露了。

厲白很乾脆地付了款。

付款的時候溫妤順便看了眼手機時間，不知不覺已經下午三點。

戲演了這麼久也差不多了，如果想在六點前回來，她必須要走了。

買完單後，廣場中央剛好有快閃舞蹈表演，所有路人都被吸引了過去，裡三層外三層地擠在一起。

溫妤和厲白也被人群擁擠著。

這或許是可以溜開的最好機會了。

溫妤在心裡默念——對不起白哥，我會儘快回來的。

趁著舞蹈跳到最精彩的部分圍觀群眾把溫妤和厲白擠開時，她迅速後退掉頭。

《尋龍檔案》這部電影是集電影、遊戲、動漫為一體的大IP項目，斥資巨大，電影裡光是出演的重要角色就有接近二十個，為了讓IP能更加被熟知，也為了能吸納更多的優秀演員，亞盛在全國舉辦了一個青年演員選拔計畫。

這次蔣禹赫來江城出差，就是為了參加活動的啟動儀式，江城是選拔第一站。

傍晚，蔣禹赫結束了最後一波記者的採訪後，和幾個活動方的負責人邊聊邊往外走。

剛到門口，隨行的藝人總監帶著厲白緊張地走進來。

「蔣總，厲白一直在會場外等您，說是找您有急事。」

陪行的幾個人很有眼力地暫時迴避一旁。

厲白的出現，蔣禹赫並沒太在意。

他不急不緩地接過祕書遞來的外套，邊穿邊問：「你怎麼在這，沒陪著她？」

厲白默了默，上前低聲道：「對不起老闆，小姐跟我在市集……走散了。」

蔣禹赫動作一頓，轉身，臉色幾乎瞬間沉了下來：「你說什麼？」

溫妤給自己的時間只有三個小時，她六點之前必須要趕回飯店，雖然已經知道蔣禹赫晚上還有晚宴，但早點回來，早點安心。

溫妤叫了一輛車，先聯繫了周越，然後直奔自己住在富森街的那間房子。

這是她名下所有房子裡僅剩的一間，也是出事前住著的那一間。

現在溫易安住在裡面。

一想到很快就能見到自己的父親，溫妤心裡說不出是什麼滋味。

有些期盼，卻也莫名生出幾分類似近鄉情怯的不知所措。

畢竟，他們終於要坐在一起，共同面對和接受破產的現實。

十分鐘後，車停在了富森街二號。

這裡是江城很出名的一處豪華高端公寓。

取下帽子掃描臉入戶時，溫妤看到了保安臉上略微驚訝的表情。

她什麼都沒說，只對保安笑了笑，和往常一樣回了自己的家。

手指按在指紋鎖上，「啪」的一聲，門開了。

明明是下午陽光正好的時候，屋子裡卻暗沉沉的，窗簾沒有全部拉開，陽光透不進來，顯得有些壓抑。

一個中年男人站在陽臺上，手裡拿著一盆水正在澆花。

他背影微躬，身材消瘦。

溫妤張了張唇，輕喊：「爸？」

年邁的身影微微一頓，轉過來：「妤妤？」

溫妤雖然只是離開了不到一個月，可認真算起來，她跟溫易安其實已經有兩、三個月沒碰面了。

公司破產前的那些危機溫妤毫不知情，她甚至還去了一趟巴黎購物。

當時她想找一些專案自己投資創業，原本看好了一個時裝品牌，卻因為理念不合而放棄。回來過後沒多久就發生了後面那一系列的事情。

曾經威風體面，儀表堂堂的父親，如今也失了往日的意氣風發，整個人都顯得有些消沉。

「你怎麼跑回來了？」溫易安很意外，「不是說了要你暫時別回來？」

溫妤強顏歡笑地上前挽住他的手臂：「因為想你了呀。」

她扶著父親往回走，順便把窗簾全部拉開：「家裡就你一個人，我不放心。」

溫易安嘆了口氣，直搖頭，「回來做什麼，你還年輕，那些白眼你遭受不住的。」

溫妤知道父親一生好強，當初和母親離婚似乎就是經濟方面的問題。他一直都想要賺錢，賺很多很多的錢。

風光了幾十年，如今突然從高處跌落，人到中年，這樣的打擊的確很難接受。

溫妤都懂。

「我才不在乎呢。」溫妤挽著溫易安的胳膊，故意說著輕鬆的話，「你女兒是誰啊，誰敢給我白眼看，是不是眼珠子不想要了。」

「是是是。」溫易安勉強也扯了個笑：「不過患難見真情，你以前那些朋友，也就尤昕是真心的，三天兩頭來看我。」

說完他抬起頭，倏地愣了下：「你鼻子怎麼了？」

來得匆忙，溫妤全然忘了把貼布取下來的事，眼下要是再告訴溫易安自己出過車禍，只會讓老父親的內疚雪上加霜。

沒必要。

溫妤笑著戳了戳鼻尖，一副沒心沒肺的樣子：「沒事，不小心撞到了。」

或許是女兒的笑容感染了溫易安，他的情緒稍稍緩和了些，拉著溫妤坐在身邊問：「一直想問，你在京市的那位朋友是做什麼的？我認識嗎？」

溫妤眼神閃躲著搪塞過去：「他開了家小公司，我這不是在跟著他學習嘛，將來也好為自己創業打好基礎。」

溫易安欣慰地點了點頭，片刻又搖頭，「算了，還是別創業了，你是個女孩子，現在爸爸已經這樣了，也幫不了你什麼。要不然……」

溫易安沉默了片刻，「找個人嫁了吧。」

「？」溫妤跟聽了個笑話似的，「爸，我才二十二歲，這麼年輕嫁給誰啊？再說了你又不是沒看到沈銘嘉那德行，男人一點都不靠譜。」

「沈銘嘉那個小子是不靠譜，但有一個人絕對靠譜，」溫易安聲音微揚，言辭肯定，說到這裡臉上竟然蕩起些許笑意。

溫妤皺眉：「誰啊？」

「阿越啊。」

「……」

剛剛還意志消沉的老父親來了精神，和那種相親角裡的父母一樣，突然就打開了話匣子：「這麼久了，周越一直在我身邊盡心盡力，現在公司那些善後的事都是他在處理。人家明星大學研究生畢業，家裡也是書香門第，你跟他交往絕不吃虧。」

溫妤：「……」

溫易安輕拍著女兒的手，「其實就算我們沒破產，我也想撮合你們，阿越這個孩子真的不錯，有學識，人也謙遜穩重，而且——」

「爸。」溫妤直接打斷了溫易安，頓了頓：「可我們現在已經破產了。」

溫妤的意思很了然——

從前你覺得我們配，那是從前。

現在的我們，卻可能已經高攀不起了。

女兒一語戳到要害，溫易安也倏地黯然下來。

「也是。」他喃喃地說。

門鈴這時響，說曹操曹操到，周越提著幾袋食材來了。

見到溫妤他點了點頭，「大小姐，好久不見。」

溫妤和周越其實不算很熟，以前僅有的一些來往都是因為父親的工作。溫妤甚至都沒怎麼認真打量過這個祕書長什麼樣子。

今天算是看到了。

穿白襯衫，戴金邊眼鏡，稱得上書香門第的氣質，清澈如玉，乾淨明朗。

溫妤也點了點頭，「好久不見周祕書，這段時間真的很感謝你照顧我爸爸。」

周越輕輕笑了下，「應該的，我一畢業就在華度跟著溫總，已經習慣了。」

溫妤嗯了聲，算是寒暄結束，「那……把該簽的文件都給我吧。」

「好。」

溫妤拿著文件回到自己的房間。

雖然她人不在，但房間收拾得整整齊齊。床單也好像是新換過的，枕頭中間還放著自己最喜歡的卡通玩偶。

這裡的一切是那麼的熟悉，卻又是莫名的陌生。

衣帽間裡，她過去買下的那些包包都還在，每一個都是奢侈品，限量版。

溫妤的手指一一從上面劃過，好像在與過去那個奢華的自己道別，感慨之餘卻也慶幸——就算破產了，她還有這些可以暫時讓父親不用過得太狼狽。

雖然剛剛和父親的對話並沒有出現想像中的苦情畫面，但溫妤很清楚，溫易安與她，都是在努力撐出一張笑臉面對彼此，不想讓對方擔心罷了。

嘆了口氣，溫妤在化妝桌前坐下，拿出周越給的文件一張張簽著。

等簽完起身準備出去的時候，她不小心碰到了桌上的一個小瓶子，垂眸看了下才發現——

這是之前自己在巴黎一家手工作坊小店買的香水，那晚去參加音樂會的時候，她還特地噴過，味道很好聞。

這個房間裡的東西溫妤都帶不走，也不打算帶走。

可這一點點香氣，溫妤莫名有點不捨。

片刻後，她毅然拿起放在外衣口袋裡。

就當是過去的自己留下的一件信物，做個紀念好了。

回到客廳，周越竟然已經做好了一桌的飯菜。

葷素搭配，四菜一湯。

「溫總說你喜歡吃糖醋里肌，我第一次做，可能味道沒有那麼好。」周越說著，為溫妤拉開座椅，「希望大小姐吃完給點意見。」

溫妤：「……」

溫易安已經入座了，也招呼溫妤：「坐啊，愣著幹什麼。」

溫妤把文件交給周越，默了好半晌，才狠心說：「爸，我可能沒空陪你們吃了，我晚上的飛機回京市。」

溫易安一愣，「才回來就要走？」

溫妤小心點著頭。

溫易安放下筷子，有好幾秒沒說話。

溫妤也在內心掙扎著。

已經五點四十了，但蔣禹赫晚上還有晚宴。

再待半個小時應該……沒關係吧？

溫妤不想看到父親落寞不捨的樣子，如果連一頓飯都不能留下來吃完，她回來的意義是什麼。

給別人增添更多的失望嗎。

管不了那麼多了。

溫妤坐下，笑著夾起一塊小里肌：「那我就嘗嘗周祕書的手藝再走好了。」

兩個男人臉上同時都有了笑容。

溫妤從來沒有和父親吃過這麼一段短暫而又溫馨的飯。

離別的時候，溫易安的狀態比溫妤回來的時候好了很多，「放心去，我一個人沒事的，對了，代我向你朋友問個好，就說爸爸下次去京市親自謝謝他的照顧。」

溫妤含糊地答應下來。

周越把溫妤送到公寓門口，見她急著叫車，說：「要不我送你吧，你也知道這個時間是下班高峰期，很難叫車的。」

已經六點半了，溫妤不敢再耽擱，猶豫片刻，同意了周越的建議。

周越的車是一輛SUV，車廂寬敞明亮，跟他這個人一樣，相處起來很舒適。

溫妤繫好安全帶：「麻煩你了周祕書。」

周越一愣，而後輕輕笑道，「我感覺大小姐好像變了。」

「是嗎。」溫妤扯了扯唇自嘲道，「別再叫我大小姐了，我現在也不是什麼大小姐，就叫我名字吧。」

「好。」周越頓了頓，才從唇間輕而鄭重地讀出名字：「溫妤。」

溫妤沒注意他兩個字裡微妙的情緒轉變，歪頭問：「有件事能不能麻煩你？」

周越：「你說。」

「我衣帽間裡所有的包包和珠寶幫我找二手店賣出去吧，現在留著它們也沒什麼用，你幫我都賣了，看看能換多少錢，一方面如果公司還欠債，就充公，另一方面……」

溫妤考慮著措辭，好幾秒後才說：「你過去月薪多少，我現在代爸爸付你。」

溫妤不想欠人情債。

也希望這樣的安排，周越能懂她的意思和立場。

周越沉默了片刻，沒有拒絕：「好。」

「謝謝。」溫妤莫名鬆了口氣，看著面前的路問，「還有多久到？」

「快了，那個路口轉彎就到。」

溫妤一聽馬上喊停，「我就在這下，你不用把我送到門口。」

周越愣了下，「為什麼？」

「不太方便。」溫妤解開安全帶，「謝謝，再見。」

「……」

周越被溫妤弄得有些措手不及，眼看人已經下了車，餘光一瞟，看到溫妤掉了一小瓶香水在位置上。

忙下車追上去，「溫妤！」

溫妤回頭。

「你東西掉了。」

溫妤一看是香水，又折返接過來放到口袋裡，「謝謝，我先走了。」

「你沒事吧？」周越不放心地問了一句。

「沒事，我趕時間而已，拜拜。」

話音剛落，轉身那刻，溫妤的直覺莫名感應到了一個異常熟悉的身影。

高大的，黑色的，帶著一絲危險感在靠近。

心突地跳了下，明明知道可能是誰，溫妤卻還是盲目地希望只是自己的錯覺。

頂著快跳到嗓子眼兒裡的心跳，溫妤緩緩轉身，待看清面前的人後，後背倏然一涼——

她清清楚楚地看到，離她不到二十公尺的路口，蔣禹赫從一輛車上下來了。

男人穿著黑色風衣，面容冷峻，一隻手重重地帶上了車門。

現在正朝自己走過來。

裡。

……修羅場真是說來就來。

溫妤感覺血液開始在身體裡急速倒流，沖得她大腦一片空白，不知所措，整個人僵硬地站在那裡。

周越注意到了她的異樣，「你怎麼了？」

眼看蔣禹赫離自己越來越近，溫妤的腿有點軟，拚著最後一點冷靜壓低聲音告誡周越：「別說話，待會無論發生什麼都不要說認識我，我說什麼你都照做，聽見了沒有？」

周越似懂非懂，還沒消化過來溫妤是什麼意思，就聽到她叫了一聲：「哥哥，我在這裡！」

周越：「……？」

哥哥？

視線跟隨看了出去。

也在同時，蔣禹赫走到了面前。

他站定，目光在溫妤和周越之間掃了兩眼——

「去哪了。」聲音聽起來淡，卻感覺得到沉沉的壓迫感。

溫妤的情緒轉變得十分快，剛剛那些莫名緊張的神色全部消失不見，此刻的她儼然一副心有餘悸的模樣：「對不起哥哥，我跟厲白哥在望江橋走失了，我身上沒錢，跟著地圖回飯店又走錯了路，還好遇到了這位好心的帥哥，載了我一程。」

做戲必須要做全套，溫妤說完轉身對著周越，「真是麻煩你了，要不然我們加一個微信吧，待會我把車錢轉給你。」

然後給了一個特別有暗示意味的笑容——

機靈點啊大哥！看我眼神！

我今天是不是橫屍街頭就在你一念之間了！

想好了再開口！

周越卻沒動。

他視線還停留在被溫妤稱為「哥哥」的男人身上。

而蔣禹赫也在冷冷看著他。

端量，審視，警覺……眼神裡透露出的所有資訊都極不友好。

氣氛微妙地僵滯在這裡，溫妤不安到了極點，太陽穴突突的亂跳，心裡好像有一鍋沸水在燒。

正考慮要不要再主動說點什麼時——

周越很輕地笑了笑，拿出手機：「好。」

溫妤倏地鬆了口氣，忙積極道：「嗯嗯，那我掃你吧。」

周越配合地打開自己的 QR code。

可就在溫妤把手機遞過去的瞬間，蔣禹赫卻扯過她的手腕，很強勢地把人拉到了自己這邊。

他頭微側，吩咐身旁的厲白：「去把錢給了。」

而後才看了溫妤一眼，卻什麼都沒說，一路拽著手腕把人塞進了車裡。

溫妤：「……」

溫妤能感覺得到，蔣禹赫拉她的那一下，力道有點大。

她手腕都被弄疼了。

也正如此，溫妤幾乎能肯定自己今晚一定少不了一頓罵。

回去的路上，蔣禹赫一句話都沒說。

車裡的氣壓低到溫妤覺得好像稍微用力呼吸一下就會爆炸似的，就連司機和厲白也看出了蔣禹赫的不對勁，大家都沉默著，盡力降低自己的存在感。

溫妤也只好閉了嘴，不敢再耍什麼小聰明。

回到飯店，溫妤慢吞吞跟在蔣禹赫身後，原想各回各房避一避風頭，可這樣的想法剛冒出來就被掐斷了。

厲白幫蔣禹赫提前打開了房間門，進門之前他停了一下，淡而冷沉地叫住溫妤：「跟我進來。」

溫妤：「……」

一種強烈的、山雨欲來風滿樓的感覺。

門關上後，溫妤像個做錯事的小學生一樣，乖乖地罰站在那，主動認錯：「對不起哥哥，是我貪玩，讓你擔心了。」

男人沒說話，脫了外套，背對著她站在落地窗前。

他這樣不聲不響反而讓溫妤更心虛。

溫妤抿了抿唇，聲音也弱弱地小了很多：「我保證下次不會了……哥哥，對不起。」

「下次？」蔣禹赫轉身，聲音驀地提高了好幾個度，冷漠又強硬，把溫妤嚇了一跳，「你憑什麼覺得自己還有下次？」

「……」

「你又憑什麼覺得我會擔心你？」

「你覺得自己很重要是嗎？」

「……」

這話雖然難聽，但溫妤知道今天的確是自己的錯，便也認了。

她老老實實垂著頭：「對不起。」

可蔣禹赫並沒領情。

「你多大了，做事不知道分寸？」

「望江橋有服務台，你和厲白走散，不知道去尋求幫助？不知道讓工作人員幫你用廣播找人？」

「你以為我時間很多是不是。」

「你以為我跟你一樣閒是不是？」

「三歲小孩都知道遇到事情找警察，你腦子裡都裝了些什麼？你是不會按一一〇這三個數字嗎？見到長得好看的男人就隨便上人家的車，你是天真還是蠢？」

「你失憶而已，不是失智！」

這一番話劈頭蓋臉的，全都對溫妤而來。

她沉默地聽著，輕輕咬了咬下嘴唇，胸口明顯有一個深呼吸起伏的動作。

蔣禹赫看不到她的表情，頓了頓，抽開領帶甩到一邊，又背過身去。

他也不知道自己為什麼要發這麼大的脾氣。

起初厲白來告訴他溫妤不見了的時候，他並沒有這麼大的反應。甚至有那麼幾秒，他還輕鬆地覺得不見就不見了吧，反正自己也早就想丟了這個包袱。

溫妤要是能自己找回來，那就是上天安排，如果找不回來，就當從來沒有遇到過她這個人。

可當後來他坐在車裡，試圖裝作什麼都沒發生地去參加晚宴時，那種無所適從，心煩意亂，整個人像被什麼在強烈抓撓似的不安，還是讓他無奈選擇了回頭。

他推掉了所有的事情，先是打電話給老何，畢竟只有他有溫妤的手機號碼。可老何這幾天休假帶著家人回了鄉下老家，不知是訊號問題還是手機沒在身邊，總之電話打了很多通，一直都無法接通。

蔣禹赫只好親自去瞭望江橋。

查過監視器，碰到視角盲點一無所獲。又沿著望江橋到飯店的這條路來回找了好多次，也無功而返。

溫妤就好像憑空消失了一樣。

他說不清楚自己當時的心情，生氣是真的，動怒也是真的，唯獨夾在這兩者情緒之間的那點擔心，他不想承認。

還好在最後一次準備報警找人的路上，他終於看到了溫妤。

那一刻，懸吊在心尖上的一口氣莫名鬆了下來。

然而下車後他卻發現，她是被一個陌生男人送回來的。而那男人——穿著白襯衫，戴著金邊眼鏡。

是她曾經說過喜歡的類型。

愚蠢的女人竟然就這樣上了陌生男人的車，這還不只，她還想與他交換微信，好像根本不知道社會的險惡，不知道男人的別有用心。

一想到這裡蔣禹赫的煩躁就更甚，他轉過身，看著一言不發的溫妤：「我很忙，下次再有這種事情，請你直接走遠點不要再回來煩我！」

安靜的飯店套房裡，溫妤好半天沒說話。

驀地，她抬手抹了把臉。

貼在鼻子上的貼布跟著掉了下來。

「我可以馬上走。」她悶悶地說。

蔣禹赫這才發現，不知什麼時候，溫妤滿臉都是眼淚，淚水打濕了貼布，手輕輕一帶就脫落了。

溫妤不是沒在自己面前哭過，但每次都哭得振振有詞，哭得理所當然，哭得恨不得全世界都知道她受了委屈。

和現在完全不一樣。

這種一聲不吭，眼淚撲簌簌往下落的樣子讓浮在蔣禹赫全身的那股燥意莫名涼了下去。

像一盆水突然澆過來似的，什麼火都滅了。

他有些煩，摸出根菸卻又沒點，過了會才看著她：「你是不是覺得你這一招永遠都有用。」

——是的。

溫妤在心裡回。

但她今天不僅把「鱷魚的眼淚」升級了下，還早就準備了其他的招數。

溫妤的肩膀隨抽泣輕輕聳了兩下，把下午在市集上買的那對小泥人從包包裡拿出來——

「其實我去望江橋，是想買這個。」

蔣禹赫：「……」

「既然哥哥現在要我走，那我就走了。」鼻子一吸一吸，「這個送給你，就當是感謝哥哥這段時間對我的照顧。」

說完轉身離開。

再抹了把眼淚，「希望哥哥以後順順利利，平平安安。」

留下一個默默的，悲傷的背影。

門關上，四周恢復了安靜。

蔣禹赫站在那，大腦嗡嗡嗡的，被這突然的一齣攪得完全亂了套。

這種感覺就好像剛剛還在蜿蜒丘陵上開著重型皮卡，現場泥漿四濺，濃煙捲雲，忽然一個急剎車，丘陵變成了棉花地，他怎麼踩，怎麼加速，引擎都軟綿綿的。

手裡的小泥人，成功讓皮卡瞬間成了毫無攻擊力的拖拉機。

那股強烈的情緒褪去後，只剩深深的無奈。

……他更煩了。

把小破泥人丟在桌上，蔣禹赫揉了揉眉骨，叫來厲白，「人去哪了。」

厲白指旁邊：「隔壁。」

見蔣禹赫一臉心煩氣躁，厲白忍不住做起了說客：「她在市集上看到賣泥人的小攤，就問老闆有沒有哥哥和妹妹的，說想送給自己的哥哥……我看得出來，她很在乎您這個哥哥。」

「而且當時市集上人的確很多，走散了也不是故意的，她一個女孩子人生地不熟，一時亂了方寸想不到那些也正常，既然回來了您就別罵了。」

蔣禹赫閉著的眼睛倏地睜開，頓了頓，「我罵她了？」

？？

大哥我站在門口都聽到了好嗎。

「還好，就是聲音大了點。」厲白還是顧全了老闆的面子，「您也是擔心她，她能理解的。」

「……」

蔣禹赫沉默著，把剛剛摸出的那根菸點燃，卻又夾在指間沒抽。

他一直看著桌上的泥人。

片刻後才搖搖頭，一副無奈的樣子催厲白，「去看看她怎麼樣了。」

「好。」

厲白離開後，蔣禹赫抽著菸來到陽臺上。

冷靜下來其實他心裡明白，溫妤不能及時回來，他也有責任。

當初溫妤要他的手機號碼，他不給。

但凡他演這個哥哥稍微走心一點，把自己的號碼留給她，再或者給她點錢防身，都不會發生今天這樣的事情。

煙霧模糊了蔣禹赫眼前的夜景，他吐出兩口，下意識朝左邊的方向看過去。

溫妤就住在隔壁。

但現在窗簾緊閉著，只有一點光亮透出來。

也不知道在幹什麼。

厲白這時又敲門進來，「老闆，那個……她在收拾東西，說要走。」

「？」蔣禹赫站直，掐菸的同時罵了句髒話，快步朝隔壁走過去。

而隔壁——

溫妤正全神貫注地貼在門背後聽動靜。

剛剛在隔壁被訓了半天後，溫妤已經清楚意識到，這次的炸藥不同往常，比自己預計的還要厲害。

要是不出手緩一緩的話，那男人罵到明天都不一定能熄火。

眼淚那招雖然老，但勝在好用，勝在他吃啊。

再打一招小泥人溫情牌去戳他的良心，溫妤就不信這男人還能繼續炸。

很快，溫妤聽到隔壁開門的聲音，兩個腳步聲交替靠近。

她馬上跑回床上，用被子把自己裹得嚴嚴實實開始演自閉。

三秒後，蔣禹赫到達戰場。

他先看了眼房內，行李箱被拉出來打開，裡面零零散散地堆了些衣服。

再一看，人已經躲到了被子裡。

蔣禹赫皺眉，「你又在幹什麼？」

溫妤一聲不吭，躲在裡面不說話。

蔣禹赫有些無語，試圖伸手去扯被子，「出來。」

他手碰到的地方，溫妤迅速扯回來，總之就是嚴防死守，絕不開口。

眼看著蔣禹赫的表情越發暗沉，厲白趕緊咳了聲，「老闆。」

這一聲提示，意味深長又及時。

蔣禹赫伸出去的手又收了回來。

頓了頓，在床邊坐下。

有些無奈。

「大晚上的你要去哪。」語氣明顯地緩和了。

Get。

溫妤輕輕抿唇，而後定了定心，將一個被哥哥罵到傷心極了的妹妹演到淋漓盡致——

「以前是你說要我學著習慣，是你說會對我好的，但現在你嫌棄我，還叫我走遠點別回來，我說了那麼多聲對不起都沒用，認錯也不行。」

「我不走難道要留下來被你討厭嗎。」溫妤說完頓了頓，強力補了一刀：「……反正你也不是第一次想趕我走。」

這些倒也不完全是演戲，某種程度上，蔣禹赫的那番話確實有點傷溫妤的心。

現在她只是將那點難過稍稍渲染放大了下而已。

蔣禹赫也是沒想到，他反倒成了被討伐的那個人。

而且溫妤這口氣，說得自己好像一個喜新厭舊的負心漢。

閉了閉眼，他深呼吸了好幾下。

蔣禹赫從來都是強硬的那一方，無論是工作還是私生活，他沒跟任何人示過軟。

可能是這二十多年都這麼強硬，老天看不過去了，所以派來這麼一個尾巴處處掣肘他，改變他，在他的原則底線上各種挑釁。

房裡安靜如雞，蔣禹赫皺了皺眉，試過好幾次，那些話還是說不出口。

「你先出來。」

就這麼出來豈不是很沒面子。

但溫妤顯然沒幹過悶在被子裡這種事，才幾分鐘已經快被悶缺氧了，想了想，必須砍掉一些戲份，速戰速決。

乾脆她主動給大家一個臺階下好了。

於是從角落裡探出一個頭，「那你哄我一下我就出來。」

這突然的對視讓蔣禹赫微微一愣。

這是她第一次看見溫妤毫無遮擋的臉。

皮膚是那種很剔透的白，鼻樑上隱約看到細小的傷口，捲長的睫毛在眼底壓下一片陰影，唇紅紅的，看起來很軟。

很漂亮，蔣禹赫承認。

而且和公司裡那些整形打針的女星不一樣，是那種不豔俗，一眼看著就很正統高級的美。

只是不知道為什麼，那種好像在哪見過的感覺又來了。

但是沒有道理。

蔣禹赫見過的人過目不忘，不可能會不記得她是誰。

唯一能解釋的，或許便是這段日子以來，她在自己潛意識裡逐漸形成的一種習慣。

這也是他當初最不想發生的情況——生活裡出現另一個人，並且慢慢成為習慣，一舉一動都開始影響著自己。

見男人不說話，溫妤又準備把腦袋縮回去：「不哄算了。」

蔣禹赫回神：「……」

就沒見過這麼能作的女人。

他快速伸手，在她躲回去之前把人拽了出來。

「自己做錯了事還要別人來哄，誰慣得你這麼矯情。」

溫妤趕緊順杆而上地眨了眨眼，「你啊。」

蔣禹赫：「……」

——你啊。

是你啊，你慣的！

你慣的你不負責嗎？！

這酥酥軟軟又可憐兮兮的兩個字，把蔣禹赫心裡最後那點支離破碎的原則都給攻破了。

……

一地零亂被重新收拾完整，一場大戲又回歸平靜。

眼淚沒白流，小泥人沒白買，被子沒白蒙。

多管齊下，到底還是溫妤贏了。

蔣禹赫雖然還是一張臭臉，但他讓厲白打電話給飯店餐廳準備她喜歡吃的椰子起司蛋糕，已經是某種意義上的「哄」了。

溫妤絕不貪心，見好就收，哭戲結束馬上笑瞇瞇地拍馬屁，「我就知道哥哥最好了。」

蔣禹赫睨了她一眼，沒搭理。

明明之前氣得一身火，搞了半天還得反過來哄她。

什麼祖宗啊這是。

又作又愛哭，偏偏自己還一點辦法都沒有。

晚上找溫妤推了晚宴，回來又吵了一架，這會好不容易平息下來，蔣禹赫也累了，起身道，「去餐廳把飯吃了。」

溫妤已經在家裡吃過，但這時還是得硬著頭皮再吃一次。

還好早已過了晚餐的高峰期，餐廳裡幾乎沒什麼人，遇到熟人的幾率大大降低。

他們找了個靠窗的卡座坐下。

服務生遞來菜單，蔣禹赫看了一眼，問溫妤，「要吃什麼。」

溫妤低頭假裝玩手機避開服務生：「不用了，我就吃椰子起司蛋糕。」

蔣禹赫也沒多想，隨意指了幾個菜。

點完菜，他敲了兩下桌面，「手機拿來。」

溫妤：「幹嘛？」

嫌她動作慢似的，蔣禹赫乾脆直接從她手裡拿走，「密碼。」

「……」溫妤心一提，警惕道：「幹什麼？」

「怎麼，手機裡有祕密？」

的確有祕密，但也不是什麼大祕密，也就微信裡有個尤昕而已。

不過溫妤早就把微信的ＡＰＰ藏到了隱蔽的地方，輕易找不到。

「我能有什麼祕密。」怕引起蔣禹赫的懷疑，溫妤故作無所謂地報出來，「一三五七二四六，隨便看。」

這是她習慣用的密碼，先奇數再偶數。

蔣禹赫依次輸入，順利打開了手機。接著按開通話介面，撥出自己的號碼。

兩秒後，他的手機響了。

手機被丟了回來，「把我的號碼存好。」

溫妤一愣，下意識道，「你不是說沒必要跟我交換聯繫方式，說你沒有無聊的時候嗎。」

蔣禹赫尷尬了一秒。

「我現在有說給你號碼是找你聊天嗎。」

「……」

「你不想存可以刪掉。」

「……」

溫妤閉了嘴。

是你要我存你的手機號碼好不好，這是要別人號碼的態度嗎？

之前說沒必要的也是你，現在兇巴巴要別人存的也是你。

什麼臭脾氣，真是難搞。

雖然心裡不服氣地碎碎念，但溫妤還是成功忍住了懟回去的欲望。

還是那句話，見好就收。

畢竟今晚佔便宜的是她，她現在要做的，就是繼續滿足一波蔣禹赫的虛榮心，讓他體驗一下「哄」了妹妹的好處。

於是溫妤低頭存下號碼，打了幾個字後把手機面朝蔣禹赫。

「這樣好不好？」

手機螢幕上赫然存著一個稱呼——【親愛的哥哥】

蔣禹赫：「……」

不自然地移開視線，端起面前的水杯喝了一口：「做作。」

任誰都能看出大佬說這兩個字時唇角流露出的三分嫌棄七分享受的精神分裂表情。

暴風雨結束了，天晴了。

就在畫面一片和諧，兄妹情深又到達了一個新的高度時，厲白的手機響了。

他接起來，低聲說了幾句後掛斷，而後告訴蔣禹赫：「是甯祕書打來的，她說趙小姐那邊已經約好，明天上午十一點在ＭＩＯ餐廳見面，位置也已經安排妥當。」

？

趙小姐？

溫妤驀地想起厲白說蔣禹赫來江城的「私事」。

ＭＩＯ餐廳是江城數一數二的頂級餐廳，能把人約在那，說明這頓飯在蔣禹赫心裡很重要。

溫妤在心底八卦了一圈，還是沒忍住問：「哥哥，趙小姐是誰啊？」

蔣禹赫沒理她。

「女朋友？」

「喜歡的人？」

「你是不是要去約會啊？」

她囉裡囉嗦，蔣禹赫終於抬起頭，望著她淡淡道：「是又怎麼樣。」

溫妤驚了。

還真是啊。

沒看出來這男人在江城竟然還有個相好。

可是江城上流圈的人她幾乎都認識，也就是說——

這位相好如果是江城本地人，溫妤跟她一定是互相認識的。

這就尷尬了。

萬一哥哥把相好的帶回來，溫妤這個假妹妹不就穿幫了嗎？

這可怎麼辦？

之前周越的意外倒是可以三兩句化解，但這個神祕的趙小姐可不是隨便扯兩句就能過去的了。

這可是蔣禹赫喜歡的人欸。

問題似乎有些棘手。

吃完飯回到房間是晚上九點多，蔣禹赫直接回了房，溫妤厚著臉皮在厲白那套了好一會話，才套出原來這位趙小姐不是什麼女朋友，但是——

蔣禹赫找了她很久，對她有種特別的感覺。

至於能不能成為女朋友，就看明天這一面後的發展了。

原來是第一次見面。

關上門，溫妤思考起了解決的辦法。

她把江城所有姓趙的名媛小姐，無論身分高低都拉出來在心裡遛了一圈，可七、八個人裡一時間還真猜不到誰是蔣禹赫覺得特別的那個。

過了會，溫妤想起了什麼，開門觀察了下走道動靜。

蔣禹赫房門緊閉，厲白也沒在門口守著，大家似乎都進入了晚間休息的狀態。

她活動的機會又來了。

打開微信，找到尤昕：【我回來了，現在在悅然飯店一九〇三房，你有空跟我見一面嗎？】

尤昕很快就回了過來：【真的假的？你別騙我，我馬上就去！】

這太好了。

溫妤麻溜打字：【到了傳訊息給我，最好戴上帽子口罩，別被人發現。】

雖然不知道溫妤回來了為什麼不住家裡，也不知道倆閨蜜見面為什麼弄得跟地下組織碰頭似的神神祕祕，但二十分鐘後，尤昕還是按照要求出現在飯店。

溫妤十分小心地把人帶到了自己的房間。

關上門，立即反鎖：「來的路上沒被人發現吧？」

尤昕很迷惑：「發現又怎麼了，我來見朋友，又不是來偷情的。」

「要是被人發現你在我這，結果可能比偷情還嚴重。」

「……」

和與溫易安的見面不同，閨蜜見面，分外輕鬆。

溫妤在蔣禹赫那演了快一個月的戲，在尤昕面前終於可以摘下面具，做回自我。

「……所以啊，前前後後就是這麼回事。」溫妤長舒一口氣，「破產，劈腿，車禍，你說我是不是天選之女。」

尤昕聽得目瞪口呆，完全沒想到這段日子溫妤竟然發生了這麼多事。

她緩了好久，才發出一聲感慨：「真沒想到啊……」

「是吧，我之前也沒想到沈銘嘉是這麼個玩意兒。」

「不是。」尤昕搖搖頭，「我是真沒想到你竟然和我巨巨巨崇拜的大佬住在了一起，要知道我白天還在特地參加他們公司的演員選拔計畫，晚上你就告訴我大佬成了你哥哥……等會，讓我先緩緩。」

大概緩了四五秒——

「可我以前在劇組拍戲聽說蔣大佬私下人很冷，脾氣也不好，真的假的？假的吧？要真那樣你能受得了？」

「……」

溫妤閉了閉嘴，不太想回答這個問題。

「你是不是搞錯了重點，現在你姐妹我被沈銘嘉綠了，你就沒點動容沒點憤慨嗎？」

尤昕一頓，當即拍大腿打開微博：「他媽的，沈銘嘉這個狗東西，我這就幫你上網爆料他！」

這演技實在過於浮誇。

「行了行了，」溫妤攔住尤昕：「你這麼上去說有什麼用，沒憑沒據的，只會被他那些粉絲噴你造謠，說不定還反咬一口告你誹謗。」

尤昕想了想，也是這個道理，娛樂圈就是這樣，誰家粉絲多誰家底氣大。

她一個十八線，去搞沈銘嘉這個已經快要躋身一線的當紅流量，簡直就是雞蛋碰石頭。

「那怎麼辦？」

溫妤不屑一顧：「放心，我已經有全盤計畫，回京市就開始處理他。」

「好。」尤昕點著頭，忽然興奮地蹭上來：「那我們還是繼續聊回蔣大佬吧。」

「……」

「你倆平時怎麼相處啊，你們關係怎麼樣。」

溫妤想了幾秒：「很惡劣。」

尤昕不是很信：「不會吧。」

剛說完，尤昕視線無意瞟到了溫妤亮著的手機上。

「欸，你微信有人找。」

溫妤偏頭一看，清單裡顯示有一個新的好友請求。

她這個微信帳號申請以來就只加過尤昕，心想可能是什麼垃圾帳號，也沒在意，順手點開一看——

Jyh 請求添加您為好友。

來自通訊錄。

溫妤：「……」

尤昕：「？？？」

第一個反應過來的還是尤昕，「Jyh？蔣禹赫？不會吧，你倆相處這麼久了連微信都沒加？」

這話說來就長了，不說也罷。

溫妤撐著下巴思考，不知道深更半夜的蔣禹赫突然要加她的微信是幹嘛。

大家塑膠兄妹，交換個手機號碼就行了，沒必要更進一步了吧？

就在溫妤打算無視這個請求，把手機甩到一邊時，尤昕手指一點，幫她按了通過。

「想什麼呢，你難道還有拒絕的立場。」

溫妤：「……」

好像也是。

算了，加了就加了吧。

螢幕上很快顯示了一行字——【您已經添加了 Jyh 為好友，快打個招呼吧！】

然而等了好幾分鐘，對話視窗毫無動靜。

尤昕：「你不跟他打個招呼嗎？」

溫妤搖頭：「算了吧，我都說了我們的關係很惡劣。」

頓了頓，想著對閨蜜也沒什麼好隱瞞的，便嘆了口氣說：「一直是我在忍辱負重，做心酸舔狗。」

「這麼慘啊？」尤昕很沒良心地聽笑了，拿起手機，「那今晚舔狗的任務交給我吧，我想做蔣大佬的舔狗哈哈哈哈哈！」

溫妤：「……」

只見尤昕拿走手機，手指飛速按著，不知在打什麼。

溫妤起身去搶，「你幹嘛，別亂說話，他很聰明的，別穿幫了。」

「我肯定不能亂來啊。」尤昕把手機遞過來，「我這不是幫你演一會兒，幫你分擔一會心酸和惡劣嘛。」

溫妤垂眸。

話倒是沒亂說，也就打了哥哥兩個字。

可後面一連串的表情就有些過於諂媚了。

yuyu：哥哥~〔呲牙〕〔親親〕〔親親〕〔親親〕〔親親〕〔親親〕

算了，反正平時的自己也差不多這個樣子。

然而主動出擊了好一會，蔣禹赫還是沒有任何反應。

尤昕皺眉：「他怎麼還不回你？」

溫妤也覺得有點尷尬，悶悶地把臉埋到被子裡：「我都說了我們的關係其實很惡劣，全靠我一個人撐著，你又不信。」

「是嗎？」螢幕忽然一閃，尤昕視線落過去，頓了兩秒：「艸，這樣的惡劣我也想要。」

「？」溫妤愣了下，睜開眼，就見尤昕把手機舉到自己面前。

【Jyh 向您轉帳——】

？？？

溫妤仔細數了下，沒錯，是六位數。

五十萬！

溫妤驚了，馬上發了一串問號：【？？？】

然而那邊再無回覆，好像加上她就是特地為了轉這筆帳。

「厲害啊。」尤昕直嘖嘴，「你倆啥意思？」

溫妤自己都沒回神：「啊？」

「欺負我沒哥哥還是沒男人，我大老遠跑來飯店就是為了等你倆秀這該死的惡劣給我看？」

溫妤張了張嘴，正想解釋幾句，手機又響了。

這次是簡訊。

尤昕以為還是蔣禹赫，八卦地靠過來一看，跟著簡訊喃喃念道——【你沒事吧，平安回去了嗎？】

念完問：「這又是誰啊？」

溫妤一邊打字一邊回：「我爸的祕書。」

尤昕想起來了，「噢我去看你爸的時候見過那個帥哥，怎麼，他對你有想法？」

溫妤也不知道怎麼說：「反正我對他沒想法。」

「那是當然，周祕書雖然也可，但跟蔣總比起來還是差了些。」

「你想什麼呢，我跟蔣禹赫怎麼可能。」

「怎麼不可能？你倆又不是真兄妹，日久生——」

「蔣禹赫有喜歡的女人了。」溫妤直接一句話打斷尤昕：「而且很有可能是我認識的人。」

尤昕徹底愣住：「啊？這……我完全沒聽說過欸！」

溫妤回完周越，刪了簡訊，然後鄭重地盤腿坐起來：「昕昕，我叫你過來就是因為這件事。」

第五章　她的小白臉

溫妤膽子非常大，就這樣把尤昕藏在房間裡，針對這位神祕的趙小姐，閨蜜倆商討方案到夜裡三點才睡著。

但這個覺溫妤其實睡得不太踏實，畢竟天亮後她就要面臨著能否繼續留在蔣禹赫身邊這個嚴重的問題。

上午，溫妤很早就聽到蔣禹赫和厲白在走道的交談聲，猜測應該是去樓上吃早餐，可溫妤在房裡等到十點蔣禹赫都沒回來。

沒忍住出門問了下厲白才知道，原來蔣禹赫早就離開了飯店。

「他不是十一點才約了趙小姐嗎？」

「老闆還有別的事。」

「……」

溫妤打了個呵欠，說繼續回房睡回籠覺，等關上門便馬上叫醒尤昕：「起來了，快，幹活！」

兩人急急忙忙收拾打扮，尤昕用溫妤的化妝品簡單化了個妝，看到她桌上的小瓶香水，聞了聞：「咦，這不是你陪我去音樂會那晚噴的？給我噴點，我好喜歡這個味道。」

「隨便隨便。」溫妤沒放心上，找來一個墨鏡架在臉上，「我好了，你快點。」

尤昕應了聲，拿出香水往自己身上噴了好幾下才滿意地起身：「走！」

因為溫妤說回房睡覺，厲白便也沒有守著，各種天時地利下，溫妤和尤昕順利離開了飯店。

兩人叫了一輛車直奔ＭＩＯ餐廳。

原本溫妤是想讓尤昕來餐廳看看趙小姐是誰，可後來兩人一商量，溫妤認識的人尤昕未必認識，餐廳又是會員制，非會員不得入內。綜合考慮，為了情報的準確性，認人的事還是得自己來。

如果真的是熟人，溫妤準備即刻跑路，

她們到的時候是十點半，離十一點還有半小時。

餐廳裡人很少，只有一兩桌坐了人，溫妤戴著墨鏡環視一圈，沒發現有自己認識的。

更沒發現有可疑的目標人物。

為了安全，她和尤昕沒坐在一起，而是找了靠窗的，隱蔽的兩個位置面對面坐下來。

兩人彷彿陌生人般，一會看看餐廳入口，一會又看看窗外。

十點四十，店裡依稀進來幾個客人，溫妤看過了，都不認識。

十點四十五，一切正常。

大概是等得無聊，尤昕傳來一則微信給溫妤，是一張朋友圈的截圖。

【趙文靜最近處處端著江城第一名媛的架勢，過個生日弄得跟明星似的，真是恨不得全城人都知道她取代了你的位置。】

溫妤點開截圖，就是一段趙文靜在朋友圈隱晦地炫耀自己請到了多麼厲害的樂團明天來幫她過生日之類的凡爾賽發言。

溫妤嗤了聲，正準備找個翻白眼的表情符號傳給尤昕，一道聲音忽地從耳邊落下：「喲，這不是尤昕嗎，好久沒見了。」

這刁蠻又跋扈的聲音溫妤閉著眼睛都知道是誰。

她迅速看向尤昕，兩人交換了一個不敢置信的眼神。

不會吧不會吧不會吧。

難道神祕的趙小姐是趙文靜？

第一個就被溫妤排除掉的死對頭趙！文！靜？？

溫妤扶了扶額，有些難以置信。

尤昕則敷衍地回應著趙文靜：「嗯，好巧。」

趙文靜完全沒認出坐在隔壁位置的溫妤，一副關心的口吻問尤昕：「你怎麼退出名人會了呢？我們把溫妤踢了，又沒要踢你，要不加回來吧？」

「不用了。」尤昕態度很淡。

趙文靜抱胸，居高臨下地看著尤昕：「其實我覺得你比溫妤強多了，起碼知道自己抱的大腿涼了，還有點自知之明，知道主動退出，總比你抱的那位大腿好，以前風光囂張，現在破產了面都不敢露一下。」

尤昕抿了抿唇，看著對面的溫妤欲言又止。

「怎麼不說話？要不這樣好了，你以後跟我玩，我還能幫你介紹資源，」說著，趙文靜輕輕一笑，「尤昕，蔣禹赫是誰你應該知道吧？」

尤昕身體微微一動，視線對接溫妤。

一個眼神，大家都明白了。

神祕的趙小姐，就是趙文靜。

晴天霹靂都不夠形容溫妤此刻的心情。

按照事前預想好的，確定是熟人，溫妤就跑路。

可不知道為什麼，她現在突然就很生氣。

蔣禹赫是瞎了嗎？喜歡誰不好喜歡趙文靜？

不行！不允許！不可以！

這女人先嘲諷自己，再嘲諷閨蜜，現在還要搶走便宜哥哥？

你休想。

那一刻，溫妤好像突然變成了一隻兇猛的小野獸，理智被衝動拉得一去不回頭。

她起身繞到趙文靜身後，手撐在尤昕的桌上，悠悠然笑道：「找我啊？」

趙文靜嚇了一跳，回頭，看清溫妤後明顯愣了下，儘管努力遮掩，但微表情裡一瞬的慌張還是被溫妤看到了。

溫妤不慌不忙摘下墨鏡，「這麼急著要我露面，怎麼，又不知道穿什麼衣服、做什麼髮型了？」

趙文靜雖說也是個富二代，但在江城，溫家破產之前，一直都被拿來跟溫妤對比。

而她永遠都是比不過的那一個。

學歷、外表、品味、氣質，任憑哪一樣都只有跟風模仿溫妤的份。

現在溫家失勢，圈子裡見風轉舵，便把她捧了起來。

趙文靜終於坐上江城第一名媛的位置，這段日子走路都是飄著的，好不容易看到了尤昕，原本想趁機奚落溫妤兩句，沒想到舞到了正主頭上。

眼下溫妤好好站在自己面前，最重要的是。

她一身當季新款，光鮮亮麗，絲毫沒有想像中破產的落魄樣。

趙文靜那點剛剛被捧起來的底氣在溫妤面前一點點流失，卻仍竭力裝作平靜的樣子：「你什麼時候回來的。」

溫妤先低頭跟尤昕小聲地說了什麼，等尤昕起身離開餐廳後才漫不經心地掃了趙文靜一身，笑道：「我沒在江城一個月而已，你就盯著我一個月前的打扮學嗎？」

趙文靜一身酒紅色的絲絨長裙，長捲髮披在背後，完全copy了她音樂會那晚的樣子。

「什麼江城第一名媛，我看叫江城第一學人精才對。」溫妤輕輕淡淡地笑著，毫不掩飾自己的嘲諷。

趙文靜有些惱火：「溫妤你就死鴨子嘴硬吧，家裡都負資產了，在這裝什麼雲淡風輕呢。」

「關你屁事，學人精。」

「……」

「臉都漲紅了，生氣啊？嘖嘖。」溫妤輕蔑地扯了扯唇角，「趙文靜，你是不是怕我？不然怎麼生個氣都這麼膽小無能的樣子。」

「你——」

口袋裡的手機終於震動了。

溫妤知道是尤昕傳來的，也知道這個訊號意味著什麼。

不動聲色地繼續火上加油：「就你這麼點能耐，做我溫妤第二都不行，還做夢當什麼第一名媛，你洗把臉照照自己配嗎？」

話音剛落，溫好的餘光便看到蔣禹赫筆挺的身影出現在了餐廳窗外的大理石長廊上。

而趙文靜背對著他，完全不知道。

她肺都要氣炸了，終於沒忍住，在這處處講究禮儀的高級餐廳裡狠狠推了溫好一下，「自作多情，誰要做你溫好第二啊！」

幹得漂亮。

就等著你出手呢。

溫好雖然被狠推了一個踉蹌，唇角卻不易察覺地輕輕揚了揚。

因為蔣禹赫停了下來。

代表他看到了自己。

溫好低下頭，秒速變臉假裝卑微，「那好吧，我不打擾你了。」

說完就朝外走。

趙文靜：……？？？

溫好快步出了餐廳，她一直低著頭，人卻故意朝蔣禹赫的位置走過去，假裝偶然遇到的樣子。

等抬頭看到是他，立刻來了一組驚訝錯愕，欲言又止，委曲無助的情緒三連。

最後一句話也沒說，低頭跑開。

蔣禹赫看著她的背影，腳下已經有了邁步追過去的衝動，可還是忍住了。

他皺了皺眉，又回頭看餐廳內。

趙文靜坐在窗邊一個卡座裡，正拿著鏡子為自己補妝。

不知道溫妤為什麼會在這，更不知道這兩人怎麼會發生衝突，考慮了片刻，蔣禹赫還是朝餐廳的方向走了過去。

餐廳裡人不多，剛進去蔣禹赫就聞到了淡淡的，那個熟悉的玫瑰香味。

等走到趙文靜附近時，香味在空氣中似乎聚集得更多。

而這個女人，穿著和那晚款式差不多的絲絨裙，長捲髮一樣披在背後。

認真說，也稱得上漂亮。

但卻莫名有種用力過度，東施效顰的味道。

不像她。

又好像，根本就不是她。

一直縈繞在蔣禹赫心裡的那種渴望感，那種念念不忘的心癮，在真正站在這個女人面前後，消失得無影無蹤。

或者脫離了那晚的燈光，那晚的情境後，真實的她本就如此。

蔣禹赫開始遲疑要不要坐下。

可趙文靜抬頭看到了他，眼神一亮，羞澀地站起來：「你好，蔣總，請坐。」

趙文靜很熱情，她剛剛補了妝，大紅色的口紅看得蔣禹赫莫名聒噪。

他猶豫了下，還是坐了下來，想問一問剛才看到的事。

「趙小姐，剛剛——」

話還沒說完，手機響了。

蔣禹赫直覺是溫妤傳來的訊息，摸出來看，果然——

【哥哥，我想下午跟你出去玩，就到餐廳來提前等你，順便想偷偷看看你的女朋友……誰知剛進門就不小心撞到了那個姐姐，我都道歉了，她偏說我弄髒了她的名牌衣服……我真不知道這個姐姐就是你女朋友，我不是故意的，你幫我跟她說句對不起，我不打擾你們約會了。】

後面跟了好幾個哭哭的表情符號。

當知道趙文靜就是蔣禹赫要見的人時，溫妤已經決定豁出去了。

反正今天不是趙文靜滾蛋，就是她溫妤走人。

既然對她有特別的感覺，那我馬上幫你把這感覺掐了。

品一品，感覺還在嗎？

那頭，蔣禹赫看完訊息，眉間輕不可察地挑了兩下。

視線往外一瞥，溫妤就站在剛剛自己站定的地方偷看，看到他望出去，還馬上躲了起來。

蔣禹赫收起手機，輕輕扯了扯唇。

服務生這時走了過來：「兩位現在點餐嗎？」

「不必了。」

「……？」趙文靜微怔，張了張嘴：「蔣總你？」

「抱歉，還有事先走了。」蔣禹赫直接起身離座，剛走出兩步忽地又轉過來，「趙小姐。」

他頓了頓，自上而下掃了她一眼，淡道：「你這件衣服髒或不髒，其實沒什麼區別。」

都那麼令人味同嚼蠟，索然無趣罷了。

趙文靜剛剛還打算和這個男人吃飯拍照發朋友圈，結果現在飯都沒點就走了？？

她一臉茫然地跟著蔣禹赫的背影看出去，只見他走出去沒多久——

溫妤？！

他竟然去拉溫妤的手？

窗外——

蔣禹赫從看板後揪出溫妤：「還躲？」

溫妤不安地擰著手指，小心翼翼問：「哥哥，你不跟趙小姐約會了嗎。」

蔣禹赫沒回這個問題，反倒睨她：「別人推你你不知道還手？」

溫妤微頓，囁喏了兩下唇瓣，「……我，我不會打架。」

嚶嚶嚶，我是需要哥哥保護的小可憐啊。

蔣禹赫感受到她傳遞的情緒了。

幾秒後，他一邊走一邊扯了扯領帶——

「來找我幹什麼。」

「我很閒嗎，哪有那麼多時間陪你玩。」

「又要逛望江橋？」

「不去。」

「你真的很煩。」

「……最多一小時。」

溫妤就這樣小碎步跟在蔣禹赫後面，等快要徹底離開餐廳時，她才悄悄回頭，對還站在窗邊一臉震驚的趙文靜挑了挑眉，露出一個玩味的笑容。

但凡趙文靜稍微聰明點，理智點，今天穿幫走人的那個就是她溫妤。

所以說，腦子是個好東西，可趙文靜沒有。

回到車上坐下，溫妤悄悄傳搞定撤退的訊息給尤昕，坐在副駕駛位置上的甯祕書手機響了，她接起來聽了兩句，回頭問蔣禹赫：「蔣總，是趙小姐打來的，她有話想跟你說。」

溫妤沒想到趙文靜還能來一出回馬槍，她一愣，馬上緊張地看著蔣禹赫，心跳如擂鼓敲在心頭，一下又一下。

這男人該不會想接吧？

接了就完了。

她跳車跑路都來不及。

緊急關頭，溫妤裝作被什麼碰到了似的，輕輕地啊了一聲，然後拉高袖子看向自己的手肘，喃喃道：「這裡怎麼都瘀青了。」

剛剛被趙文靜推那一下，她身體往後，是手肘撐在桌上維持的平衡。

蔣禹赫不動聲色地看了一眼，頓了兩秒，對甯祕書說：「以後這位趙小姐的電話都不用接了。」

溫妤低著頭，唇角漾開了一抹極輕的笑容，正要把袖子放下來，露出的半截白皙小臂卻突然被身邊的男人拽住。

她一怔，抬頭。

男人眼眸漆黑，看著她半晌才沉聲淡淡道：「你這些小聰明，以為我看不出來是不是。」

溫妤心裡怦怦一跳。

他這話什麼意思？

他看出來了？看出什麼來了？

雖然心裡有些沒底，但大概是最近這段時間修羅場太多，溫妤已經練就出了泰山崩於前而色不變的本領，仍鎮定道：「什麼小聰明，我聽不懂。」

「聽不懂？」

蔣禹赫垂眸看了眼溫妤的手肘，那裡的確有一塊顏色淡淡的瘀青，應該就是剛剛碰撞到的。

他甩開她的手臂。

「先纏著厲白問趙小姐的事，又偷偷跟到餐廳來，還故意跟別人發生衝突引起我的注意，你不要跟我說一切都是巧合。」

溫妤震驚了下。

果然是在娛樂圈混的人，果然是沒被黎曼餵到藥的人，果然是玩清明上河圖找不同的人……

這都被他看出來了？！

這一招打得溫妤有些措手不及。

饒是自恃聰明的她這時也不知道該怎麼應答了，只能裝傻沉默，腦子裡飛速想著應對的辦法。

然而蔣禹赫卻沒什麼耐心似的，抬高聲音：「說話。」

溫妤低頭咬著唇，所有的腦細胞都運轉在這個問題上。

她知道自己沒有退路了，這個男人太聰明，一般伎倆根本騙不過去。

眼下只有承認，找一個恰當的、合理的理由去承認這一切。

閉了閉眼，拚了——

「對，我承認！」溫妤委屈地說：「昨天聽到你說要去跟女朋友約會，我有一點不開心。」

「……」

蔣禹赫明顯怔了下，須臾，平靜地對前面的司機和祕書說：「你們先出去。」

兩個外人下車，蔣禹赫才繼續問溫妤：「你有什麼不開心的？」

溫妤已經入戲了：「我害怕你有女朋友就不要我了，又把我送回療養院……」

「我剛到家的時候你不是很喜歡我，也不是很想認我。現在好不容易接受了我，突然又有一個女朋友，我覺得你以後就都只會陪著她，喜歡她了。」

「而我，只會被你慢慢拋棄、忘記。」

說到這裡溫妤聲音越來越低。

恍惚間，思緒與回憶好像產生了錯亂重疊。

——被拋棄，被忘記。

六歲那年，溫妤看著母親和哥哥離開，跟在車後追了很久都沒能換來他們的停下。

這麼多年，她失去了母愛，也失去了哥哥的愛。

她的確被她們拋棄了，忘記了。

大概是說到了有所觸動的地方，溫妤忽然有點難過，真情實感地紅了眼眶。

蔣禹赫：「……」

這人怎麼半點說不得，一碰就哭。

他怕了。

「行了行了。」他草草結束了這個話題，「我現在是不能問你問題了嗎，動不動就哭給我看。」

溫妤垂著頭，又搖搖頭。

這次不是裝的，是真的。

見溫妤不說話，一副可憐巴巴的樣子，蔣禹赫有些無奈，罵了句只有自己才能聽到的髒話，抽了張紙巾遞過去：「還去不去望江橋？」

溫妤馬上抬起頭：「去。」

「……」

蔣禹赫這輩子沒這麼無語過。

叫回司機和祕書，照著身邊那個祖宗想去的地方開過去。

而溫妤也終於抿了抿唇，漾開了一個發自內心的笑容。

說實話，日漸相處下來，這個假哥哥雖然有時候態度惡劣，但整體對自己還是不錯的。

比如剛剛，他明明看出了自己的小聰明，卻還是配合著演完，足以證明在自己與趙文靜之間，他本身就是偏心的。

想到這裡，溫妤笑瞇瞇地看向蔣禹赫，給他戴了頂大高帽：「全世界哥哥最好。」

蔣禹赫：「……」

蔣禹赫和溫妤到瞭望江橋的時候，厲白也從飯店趕到了。

三人先在附近找了家餐廳吃飯，然後才一起去望江橋。

溫妤以前只覺得這裡人多又亂，不適合她這樣的千金小姐來玩。但昨天匆匆逛了一圈才發現真香。

想著回京市後不知道什麼時候才回來，乾脆趁還沒走再來好好玩一下。

人潮湧動的市集裡，溫妤走在前面。蔣禹赫和厲白跟在後面。

溫妤興致好，一會兒看看這裡，一會兒看看那裡，臉上的新奇雀躍止不住。

蔣禹赫說好只陪一個小時，不知不覺，卻已經兩個小時都超了出去。

連厲白都忍不住說：「很少看到老闆這樣有耐心。」

蔣禹赫卻輕嗤一聲，「她一天不恢復記憶，老何一天就在內疚自責，我幫他做做善事罷了。」

話雖這麼說，但跟在蔣禹赫身邊多年，厲白太瞭解他。

厲白看破不語，又問，「老闆見到趙小姐了嗎，怎麼樣，是不是你找的那位小姐。」

蔣禹赫：「不知道。」

厲白：「不知道？」

「也許是，也許不是。」蔣禹赫邊走邊看著前面玩得開心的溫妤，片刻，淡淡說：「不過都不重要了。」

厲白聽得似懂非懂，目光隨他看出去，終於窺出一絲「不重要」的原因。

厲白深知，有一些事情，有一些感覺已經在這位老闆的世界裡慢慢改變，而他——或許還不自知。

就在兩個男人說話的時候溫妤忽然回頭，「哥哥，快來看這裡！」

她揮著手，神情看起來很興奮。

蔣禹赫慢慢走過去：「看什麼。」

溫妤指著不遠處一個小泥人的攤位，「昨天那對兄妹小泥人，我就是在這裡買的。」

眼下老闆的攤位上又放著一對一模一樣的泥人，溫妤哼了聲，「他還跟我說是限量版呢，我就知道他在騙我。」

話剛說完，一對小情侶來到攤前拿起了那對泥人，老闆洪亮的聲音馬上傳了過來：「兩位有眼光，這是我捏的限量版金童玉女，才子佳人！天生一對！百年好合！兩位要是買了，這輩子打死都分不開的！」

溫妤：「……」

溫妤：「？？？」

尷尬了三秒，溫妤局促轉身，又慌亂地對蔣禹赫擺手：「不是這樣，我買的時候他真的說是兄妹情深，不信你問厲白哥。」

蔣禹赫第一次看到溫妤這樣結結巴巴的樣子，莫名笑了。

他沒說話，直接越過攤位走了出去，跟在後面的厲白更是笑得一臉深意。

溫妤：「……」

聽我解釋啊？

喂！

笑屁啊你們倆！

&

第三天傍晚，溫妤就跟著蔣禹赫踏上了回京市的飛機。

這一趟江城之旅雖然處處修羅場，還好溫妤都應付過來了。臨上機時，溫妤忽然收到尤昕的微信——

【今日份快樂必須告訴你，趙文靜在朋友圈炫耀的頂級樂團聽説突然取消合約全部沒來，我聽説剛剛在宴會現場她氣得臉都綠了，哈哈哈哈哈！】

溫妤記得當時在那個劉團長家裡做催眠治療時，蔣禹赫跟他說過江城再見。

趙文靜請的樂團應該就是劉團長管理的這支，至於為什麼突然全部罷演……

溫妤偷偷看了看蔣禹赫。

不會是他安排的吧？因為趙文靜那一推，幫自己撐腰出氣？

雖然有這個可能，但溫妤又不好意思自作多情，萬一是人家樂團有事來不了呢。

不過不管怎麼樣，趙文靜這個隱形炸彈算是徹底解決了。

溫妤不擔心她會對自己再有威脅，因為在和蔣禹赫相處的這段時間裡，溫妤已經深知，在這個男人的世界裡，被否定過的人，不會再有第二次機會。

黎蔓是，趙文靜也會是。

回程非常順利，晚上八點，溫妤和蔣禹赫回到了京市家裡。

十二姨依然站軍姿迎接，過去只準備一份的杏仁蛋白茶，如今也悄悄變成了兩份。

厲白把蔣禹赫安全送回家中後，趁溫妤回房間，才拿出一直放在身上的一個小盒子。

「老闆，這條項鍊，現在要怎麼處理。」

蔣禹赫睨過去。

當時因為聽劉團長說趙文靜要過生日，蔣禹赫便提前讓人準備了這份禮物，想著見面後如果確定了那晚的女人是她，那麼當做感謝禮也好，見面禮也好，就把這個送給她。

但終究一切和自己想的不同。

蔣禹赫把項連結過來：「給我吧。」

回到京市後休整了兩天，溫妤便準備定下心來打擊沈銘嘉了。

她這次回去見到溫易安感慨很多，除了覺得世道無常外，從趙文靜以及過去那些所謂的朋友身上，也看到了最經不起考驗的人情冷暖。

振作溫家，只有靠溫妤自己。

所以即便要報復沈銘嘉，溫妤也不想在這個渣男身上浪費太長時間。

她為自己定了目標，最多兩個月。

結束了，她也要去承擔起屬於自己的家庭責任。

溫妤在網路上查過，現在沈銘嘉人氣很旺，剛剛參加了一檔綜藝節目，立下一個憨憨小哥看到女孩會臉紅的人設。

這人設可把溫妤給看吐了。

如果想要打消亞盛簽沈銘嘉的念頭，必然要在他們簽約之前，讓沈銘嘉爆出一點讓大眾大跌眼鏡的事，這樣資本才會重新考慮他的市場價值。

但溫妤是圈外人，從前也沒什麼追星的愛好，對娛樂圈裡的新聞動態一無所知，所以要怎麼抓住沈銘嘉的小辮子，她考慮了好幾天。

首先想到的，便是蔣禹赫。

他是娛樂圈最雄厚的資本大佬，現在溫妤只是打入了他的生活，但他工作的那個世界，她還沒有滲入。

那裡才是最能獲得一手資料的地方，更何況在他們準備簽約的前期，肯定會有相關的事宜要進行。

其次，便是老何的女兒茵茵。

溫妤已經透過老何加到了茵茵的微信，茵茵是沈銘嘉的粉，小女孩年輕，正是追星最狂熱的時候，好像還是某個粉絲群的管理人員，整個朋友圈都是與沈銘嘉有關的內容。

雙管齊下，溫妤相信總能找到攻克入口。

這天在家吃早餐的時候，溫妤就開始旁敲側擊地開始了行動。

「哥哥，我覺得我現在應該找一點事做。」

蔣禹赫低頭吃飯，靜靜等著看她又要作什麼新花樣。

「我每天在家都很無聊，沒事做，感覺有點虛度光陰，浪費人生。」

蔣禹赫嗯了聲：「那你想幹什麼。」

「我也想跟你一樣，每天迎著太陽出門，踏著暮色回家，每天都過得充實有意義。」

安靜了會，蔣禹赫點頭：「好。」

溫妤：？

這就好了？

我還沒說自己要幹什麼呢。

溫妤不淡定了：「好什麼？」

「待會我就讓人幫你找所學校，你每天都去上課，早上上學，晚上放學，這樣夠不夠充實。」

「……」

溫妤也不知道蔣禹赫這話是認真的還是在誇她年輕。

「我雖然失憶了，但我還是能確定自己肯定不是學生了。」

「那你是什麼？」

溫妤一時嘴快：「漂亮女人。」

雖然說完就後悔衝動了，但溫妤看到了蔣禹赫唇角露出的那一絲輕笑。

非常冒犯到溫妤的笑。

漂亮女人這四個字有什麼問題嗎？

女人性別毋庸置疑，所以你是在質疑漂亮這兩個字配不上我？

溫妤放下筷子：「哥哥你什麼意思？」

蔣禹赫跳過了她這個問題，直接問：「你想要怎麼充實。」

終於切到了主題，溫妤便也忘了顏值被懷疑的事，往蔣禹赫那邊靠了靠：「我想跟你去亞盛實習。」

蔣禹赫瞥她：「你？」

這個眼神過於輕蔑，溫妤坐直：「我怎麼了？」

「媒體統籌、藝人經紀、專案策劃、商務發行、大數據管理……你能做哪一個？」

溫妤：「……」

蔣禹赫又睨她：「還是去做藝人，出道？」

溫妤連連搖頭。

「我已經想好做什麼了。」

「什麼。」

「你祕書。」

「我已經有了。」

「可我跟甯祕書不一樣。」

「哪不一樣？」

「……」溫妤思考了幾秒，理直氣壯：「我更私人一點，我做你的私人祕書。」

蔣禹赫直接聽笑了。

他喝了口茶，沒再搭理她。

溫妤知道一般這種情況就代表他壓根沒把你的話放在心裡，甚至只是當一個笑話，聽聽就算了。

蔣禹赫這種人吧，溫妤算是摸出一點門路來了。

跟他解決問題，就不能正面硬來，必須得反其道而為之。

「好吧，我明白了。」於是她也沒再說下去，安靜地吃著早餐。

過了會，突然打開微信搖了下，微信發出搖一搖的系統聲音。

蔣禹赫皺眉：「你幹什麼。」

「你又不讓我去公司學一點事情，我在家連個說話的人都沒有，又不認識其他人，只能搖個網友出來陪我聊聊天了。」

說完又使勁搖了兩下，自言自語：「咦這個好近啊離我只有三百公尺。」

接著一邊盯手機一邊往房裡走，「我吃完了，哥哥你路上慢點。」

蔣禹赫：「……」

就他媽一分鐘的心都省不下來。

「站住。」他終於出聲。

溫妤偷偷笑了，轉身眨了眨眼，「幹嘛？」

「去換衣服，待會跟我走。」

Get。

&

上午九點，亞盛娛樂的辦公大樓裡，每個員工都跟平時一樣忙碌著，忽然一則訊息炸了整個公司不同部門的八卦群。

【大新聞！！！老闆竟然帶了個女人來公司！】

【看到了，剛從櫃檯過去，是新來的藝人嗎？怎麼沒見過？】

【可能是，雖然戴著口罩，但是身材巨好，目測腿比桑晨還長。】

【看來這些女人都知道老闆是腿控了，哈哈，所以桑晨才剛剛上位就遇到威脅了？】

【等等，朋友們！！老闆把她帶到辦公室去了！還關了門！我驚了，光天化日的，之前那幾位再捧也沒帶進辦公室關門啊？】

【……咳，我爆個料，三十九樓那邊傳出來的，不保真，聽説老闆這次去江城出差就已經帶著她了，是新寵。】

【桑娘娘還沒上位就要進冷宮？】

【上一屆的黎娘娘已經在冷宮了哈哈哈哈哈。】

溫妤渾然不知自己的到來已經引起了整個亞盛公司內部的震動，成功成為了當天最大的瓜。

而辦公室內——

溫妤看著四周：「哥哥，我連個工作位置都沒有嗎？」

蔣禹赫頭都沒抬，「你不是要做私人祕書嗎，私人就在我身邊，一步不准離開，隨叫隨到。」

溫妤：「……」

做個祕書怎麼做出了一股強制禁錮的味道。

算了，忍辱負重，她可以的。

「那我要做點什麼。」溫妤人生中第一天上班，雖然只是個祕書，但還是很新鮮。

蔣禹赫：「去泡杯咖啡給我。」

溫妤：「……」

總裁辦有自己的茶水間，溫妤找到了咖啡機，默默做起了小苦工。

等煮咖啡的時間裡，她滑了下僅有三個好友的朋友圈，意外發現茵茵上午更新了一條關於沈銘嘉的動態。

【十二月三十一號跨年夜，嘉哥將會參加京市電視臺的跨年晚會，然後下榻洲逸飯店，有一起去應援的姐妹嗎！？】

好傢伙，剛剛還在想要怎麼打聽渣男的行蹤，這就送上門來了。

洲逸飯店。

跨年夜。

這兩個關鍵字一出來，溫妤已經聞到了八卦的味道。

像這種特殊的具有儀式感的節日，渣男絕不可能一個人過。

溫妤當初抓他和小三的時候太衝動，沒有留下任何證據，現在重新去找，麻煩是麻煩了點，但為了能阻止他簽進亞盛，刀山火海也要勇往直前。

跨年夜就在後天，很快了。

得想個辦法溜出來才行。

溫妤若有所思地端著咖啡從茶水間出來，看到藝人總監不知道什麼時候過來了，眼下正坐在蔣禹赫對面，兩人在說公事。

他看到溫妤點了個頭算是打招呼，接著繼續說：「蔣總，有件事想問問您的意思，關於沈銘嘉簽約的。」

好傢伙，一來就有情報？

溫妤慢慢放下咖啡，順便豎起耳朵聽。

「他們看完合約，別的都沒問題，就是想加一個條件。」

蔣禹赫皺眉：「什麼條件。」

「簽約的兩年內，每年確保兩部電影的主演。」

溫妤：「……」

你臉可真大，還確保主演呢，你憑什麼啊？

憑你會劈腿還是憑你腳比別人臭啊？

哥哥別答應他！

溫妤這樣在心裡喊。

那邊，蔣禹赫輕笑一聲：「要求還挺多。」

說完毫不在意地把合約甩到一邊：「告訴他們，這個藝人還沒紅到可以跟我提條件的地步，覺得不滿意可以不簽，我們無所謂。」

好樣的！

幫哥哥按讚！

哥哥厲害！

這種心靈相通的感覺太爽了，爽到溫妤露出了詭異的笑容都不自知。

蔣禹赫感受到旁邊氣場的不正常，轉過頭來：「你站這做什麼。」

溫妤一愣，迅速管理好表情：「不做什麼。」

頓了頓：「我就想離哥哥你近一點。」

蔣禹赫：「……」

總監：「……」

面對總監微妙中透著一種吃瓜的眼神，蔣禹赫不自然地咳了聲，「就這樣，你先出去。」

「好。」

門關上。

蔣禹赫看向溫妤：「你聽好。」

溫妤：「？」

「在辦公室不要叫我哥哥，不要跟我撒嬌，不要半點規矩都沒有，我是在工作，不是在陪你扮家家酒。」

「……」

溫妤沉默了會：「知道了，蔣總。」

接著默默退到剛剛坐的沙發上，低頭看手。

十分無聊的樣子。

蔣禹赫嘆了口氣，是真的很無奈。

他隨手從桌上抽了一份之前青年演員選拔計畫入圍的選手資料，「拿去看，看完了告訴我哪個資質最好。」

終於被安排了工作，溫妤來了精神，拿起資料認真看起來。

蔣禹赫也終於得了一絲清靜，他揉了揉眉骨，繼續看文件的同時，偶爾會抬頭看一眼這根似乎跟自己綁得越來越緊，甩不掉的尾巴。

明明可以拒絕她的。

為什麼又妥協了。

擺在桌上的手機這時忽然響起，打亂蔣禹赫的思緒。

是祁敘打來的。

「後天跨年，老規矩？」

這幾年每到跨年那一天，蔣禹赫都會和祁敘等一眾朋友在祁敘管理的洲逸飯店頂樓餐廳度過。

蔣禹赫看了眼行程表，後天晚上沒什麼事。

「好。」

「還是你一個人？」

蔣禹赫微頓，看向面前正嚴肅「上班」的溫妤，手裡的簽字筆敲打桌面片刻後停住——

「兩個。」他說。

溫妤對這一切毫不知情，她拿在手上的是亞盛娛樂前不久剛剛在江城啟動的「青年演員選拔計畫」第一站入圍演員名單。

有二十個演員的資料和照片。

溫妤儼然一個投資人，在一眾黑馬裡挑著最有可能為自己賺錢的那一匹。

翻著翻著，忽然看到了一張熟悉的臉。

溫妤眼睛微睜——

尤昕？？？

仔細又看了遍資料裡的生日，再看附帶的照片，竟然真的是尤昕。

溫妤這時隱約想起，在江城飯店那晚，尤昕好像是說過自己參加了什麼選拔計畫。

也就是說，竟然入圍了？！

看到閨蜜的資料出現在這裡，溫妤莫名興奮起來。

蔣禹赫叫自己看這些人裡誰最有潛質——那還用再看嗎？

當然是閨蜜啊！

溫家失勢，所有曾經的那些朋友都避之不及，只有尤昕還會去探望溫易安，還會因為一則微信義無反顧地來找她，幫她一起打趙文靜的臉。

好姐妹，必須撐她一輩子。

溫妤當即拿起尤昕的照片送到蔣禹赫面前：「我選她。」

蔣禹赫看都沒看：「理由。」

「首先外形有特色，不是娛樂圈處處可見的整形網紅臉，這樣的臉可塑性高。其次看資料這位小姐姐已經演了很多戲了，雖然都是一些配角，但我發現很多都是同一個導演的戲，這就說明哪怕是配角，這位小姐姐都已經得到了導演的認可，願意繼續用她。」

「其實每行每業最認真的就是這些綠葉，她們敬業對待工作，有時未必能被大眾發現，但都是因為缺了一個機會而已。」

溫妤拚命把尤昕的好說給蔣禹赫聽。

蔣禹赫卻意味不明地笑了聲：「你倒是分析得頭頭是道。」

「不對嗎？」

蔣禹赫原本也只是想給溫妤找個打發時間的事，不是真的要她看。

但她既然認真選了，他便也多看了兩眼。

照片上的女孩長相稱不上漂亮，但的確如溫妤所說，可塑性還不錯。是一張適合大螢幕的臉。

娛樂圈裡，哪些適合電視，哪些適合電影，哪些能吃這碗飯，哪些不能，蔣禹赫看一眼就知道。

他把資料重新放回去，「我十點有個會，你就在這坐好等我回來，聽到沒有。」

雖然蔣禹赫沒對尤昕的照片有太大反應，但溫妤知道這種事急不來，反正已經入圍，自己有的是機會吹耳旁風。

於是很配合地點了頭：「好。」

等蔣禹赫一走，溫妤馬上打了電話給尤昕：「你猜我剛剛在蔣禹赫辦公室看到了什麼？！」

尤昕比她還激動：「臥槽你竟然去大佬辦公室了？」

……閨蜜興奮的點永遠跟自己不在一條線上。

溫妤扶額：「我看到你入圍了！那個選拔計畫你入圍了！」

「這個啊。」尤昕卻很淡定，「我早就知道啦。」

溫妤正要問下去，卻聽到尤昕那邊好像有機場廣播的聲音，她微怔，「你現在在哪？」

尤昕笑嘻嘻的：「京市機場，驚喜嗎。」

「機場？」

「我昨天收到消息通知我一月七號來京市參加導演複試，但元旦後機票都好貴，我趕著今天票價便宜就先過來了。」

「……」

在籌謀打擊沈銘嘉的關鍵時刻，尤昕突然到來，就像老天突然空投了一個友軍過來，讓溫妤不用去孤軍奮戰。

要知道那次打趙文靜的臉，溫妤就是靠和尤昕裡應外合才完成的。

她在裡面為趙文靜煽風點火，尤昕在外面幫她盯梢，等蔣禹赫來了傳訊息通知。

兩人配合得叫一個天衣無縫。

溫妤因此十分開心，「快，我們中午必須見一面。」

尤昕傳來一個定位，溫妤剛打開準備看一下位址，辦公室的門被推開了。

蔣禹赫走了進來。

溫妤忙站起身，「哥哥。」

一秒後又馬上改口：「蔣總。」

蔣禹赫瞟了眼她慌張收起來的手機，「在幹什麼。」

溫妤面不改色：「沒幹什麼，玩了會遊戲。」

蔣禹赫懶得跟她計較，臨近中午，他整理好桌上的文件，「走了，去吃飯。」

溫妤卻頓了頓，「蔣總。」

蔣禹赫：「？」

「那個，我剛剛在網路上看到附近新開了家牛肉麵館，我想去吃，你要一起嗎。」

蔣禹赫還沒開口，溫妤馬上又說：「我知道你肯定吃不習慣那種地方，算了，不用將就我，我一個人去吃就好。放心，我會在兩點前準時回來上班的。」

說完就溜出了辦公室。

「……」

蔣禹赫站了好一會才回神——

她一個人去吃飯了？

她不黏著自己了？

而這種感覺，蔣禹赫竟然有些不習慣。

算了，良久他又想。

她不是個小孩。

而且，自己的確沒必要做什麼都把她帶在身邊。

畢竟哪天恢復記憶了，她還是要走的。

想到這些，蔣禹赫按了按眉心，撥通甯祕書的外機：「叫一份工作餐送進來。」

那頭，趁著中午吃飯的時間，溫妤和尤昕在一家商場成功見面。

尤昕的導演複試還有好幾天，在這之前她都借住在認識的一位化妝師朋友家。

溫妤開門見山地告訴了她自己想要在跨年夜去盯沈銘嘉的事情，聽得尤昕各種興致：「這麼刺激的事必須帶上我，你一個人怎麼行，我陪你一起。」

原先還怕尤昕為難，沒想到她竟然主動要求參與戰鬥，溫妤便寬心了。

「後天晚上，我的計畫是想這樣……」

半小時後，簡單的會面結束。

中午把蔣禹赫一個人撂在辦公室，怕他不高興，溫妤回來的路上特地買了些小零食。回到公司的時候主動給蔣禹赫獻殷勤：「幫你買的草莓乾。」

蔣禹赫：「不用。」

溫妤以為他生氣了，頓了頓，乾脆直接拿了片草莓乾塞到他嘴裡，「試一下嘛，我大老遠買回來呢。」

動作太快，她的指尖在蔣禹赫唇上快速掠過。

雖然只是短暫的半秒。

溫妤沒心沒肺地收走，眨眼問：「怎麼樣，是不是很甜？」

柔軟指腹的溫度像一道小而緩的文火，從唇部開始，不聲不響，不動聲色，逐漸濃烈，一路蔓延到喉頭。

乾燥席捲而上。

蔣禹赫咽了咽，喉結上下滾動了幾下，然後面無表情地把嘴裡的草莓乾吐到垃圾桶裡，再盯著溫妤：「你膽子越來越大了。」

溫妤臉上的笑意頓時收住：「……」

也是，大概是最近這段日子相處得很和諧，溫妤都差點忘了他的禁忌。

訕訕地收回手：「對不起。」

她往後退：「那蔣總，我下午的工作是什麼？」

蔣禹赫：「別煩我，做什麼都可以。」

「……」

雖說是為了獲取沈銘嘉的一手情報才混進辦公室，但來都來了，溫妤也不想浪費機會。

這可是娛樂圈最強資本的辦公室，桌上隨便一份文件都夠溫妤學很久。

她便在一旁翻資料學習，偶爾累了，會偷偷抬頭看一眼蔣禹赫。

他處理事務很有效率，就算是再棘手的問題拿到手上也從容沉著。

說實話，他全神貫注工作時的樣子很有魅力。

比兇巴巴對著自己的時候帥多了。

一下午就這樣互不打擾，倒也默契。

之後兩天的上班都是這樣的狀態。

跨年夜這天，公司的人都蠢蠢欲動，蔣禹赫也知道今晚是個特別的日子，沒有安排任何加班的任務。

六點，見辦公室外大家都開始收東西走人，蔣禹赫看了眼手錶，頓了片刻才裝作隨意地問溫妤：

「今天晚上想吃什麼。」

溫妤卻拿出小鏡子邊照邊回道：「不用管我啦，我今晚有事。」

蔣禹赫：「？」

他皺眉，看著正為自己補妝的溫妤：「你有什麼事。」

「我鼻子這裡不是還有一點細小的痕跡嘛，前幾天我預約了一家祛疤的醫美，今晚去做護理。」

一股腦說完早就準備好的理由，溫妤又問蔣禹赫：「你呢，又準備加班？」

蔣禹赫不做聲地移開視線，繼續看電腦，過了很久才道了聲：「嗯。」

溫妤就知道他肯定加班。

這幾天每天晚上都陪他加班到九、十點鐘。

「那……」溫妤輕輕站起來，指著外面：「我就先走了？」

蔣禹赫沒說話。

溫妤雖然覺得男人的反應不太正常，但她現在顧不上那麼多了，必須馬上趕去飯店做準備。

「哥哥拜拜，新年快樂。」說完，溫妤迅速轉身離開。

她走了，蔣禹赫的表情才終於有了些微的變化。

就好像是養了許久的鳥兒，從孱弱多病到羽翼漸豐，從事事黏著自己，到開始不再被需要。

蔣禹赫緩緩走到落地窗前，看著窗外燈火，偏頭點了根菸。

心底有些情緒亦隨著煙霧緩緩一併蔓延而出，洶湧淹沒了夜色下靜謐的辦公室。

&

京市電視臺的跨年晚會是晚上七點半開始，沈銘嘉表演開場歌曲，如果演出結束就回飯店的話，應該在八點半之前到達。

溫妤從辦公室出來便直奔飯店，在大廳找到正對旋轉門視野最好的位置，以便可以第一時間看到沈銘嘉。

她傳微信給尤昕：【你到了嗎？】

尤昕：【在路上了，等我五分鐘。】

人家都是歡歡喜喜地慶祝跨年，自己卻要戴上墨鏡口罩來捉姦，簡直刺激。

溫妤有些興奮：【快，我等不及了。】

沒一會，一個黑色身影走到溫妤面前。

溫妤抬頭，看了好半天——

「你哪位。」

其實她已經認出來了，只是有點不太相信：「不是，我要你稍微喬裝打扮一下再過來，你有必要直接給我打扮成男人嗎？？？」

尤昕也笑溫妤：「你不也是，這春麗頭啥意思，來打架ＫＯ沈銘嘉？」

為了不被人認出來，溫妤一改往日美豔形象，特地反差萌地紮了兩個丸子頭。

她閉了閉嘴：「總比你裝男人好。」

尤昕撥了把套在頭上的男士假髮，「我還特地讓我朋友幫我化的，人家在劇組最擅長化特效妝，保證沈銘嘉認不出我。」

溫妤扶額，「算了算了，就這樣。」

說話間，她忽然看到門外進來的一個女人。

準確來說，溫妤是先看到了她身上背的包包。

和那個小三方盈的包包是同款，墨綠色，非常醒目。身材也非常接近。

但女人包裹得很嚴實，墨鏡、帽子、口罩，幾乎看不到臉的樣子。

溫妤直覺她就是方盈，馬上拿出手機拍，又對尤昕說：「那個女的，去看看她上幾樓。」

尤昕迅速跟上去。

電梯門前，戴著白手套的服務生禮貌頷首：「歡迎入住。」

五分鐘過去，尤昕返回大廳。

「一六〇七，」她說，「幸好你有遠見提前開了房間，剛剛那個服務生竟然要我出示房卡，媽的，是不是我太帥了引起了他的注意。」

溫妤：「……」

溫妤雖然知道渣男今晚會住在這個飯店，但具體到哪一樓、哪一個房間就不知道了，就算是粉絲也不會拿到這麼隱私的消息。

而洲逸飯店的房間標準都很高，溫妤特別研究過，以沈銘嘉的咖位，總統套房配不上，普通套房應該也不至於，刪去法下來，最有可能下榻的，是十六到十八這三樓的商務江景套房。

捨不得孩子套不住狼，為了跟蹤方便，溫妤花大價錢讓尤昕提前在這三樓預訂了三個房間。

疑似方盈的女人出現了，現在就等沈銘嘉了。

溫妤和尤昕靠在一起，全神貫注地注意門外進來的人。

今天是跨年夜，洲逸飯店的餐廳有主題活動，因此進進出出的客人很多，看了好一會，尤昕不禁懷疑：「這麼多人，你真的能認出誰是沈銘嘉？」

「能。」溫妤非常有自信，「他腳臭。」

「……？」

尤昕便繼續看出去，過了好一會，飯店外開來一輛白色保姆車。

溫妤認識那輛車，之前就是在這輛車上，沈銘嘉和小三一起下來，來了個沒把她噁心死的擁抱。

溫妤倏地坐正：「來了。」

尤昕也立刻打起精神，手臂撐開，「快，挽上我！」

溫妤一邊假裝挽上尤昕，一邊盯著從車上下來的人。

沒錯，就是沈銘嘉。

他倒是沒有怎麼遮掩，只戴了個帽子，身後還跟了些粉絲在激情表白，但進入飯店後就都被保全攔住。

溫妤和尤昕提前站到電梯口，慢慢等到身後傳來腳步聲，溫妤心跳到了極點，滿以為沈銘嘉會和自己同一電梯，誰知另一邊一直關著的電梯突然打開。

沈銘嘉和工作人員齊齊走了進去。

好傢伙，還清場搞專屬電梯。

溫妤便沒急著走，靜靜看隔壁電梯上升，最後停在十八樓。

果然被溫妤猜中了。

溫妤和尤昕對視一眼，立即跟了上去。可任憑電梯再快，等她們到十八樓的時候，整個走道都已經恢復安靜。

每個房間都關著門，沒人知道沈銘嘉住在哪間。

溫妤只好打開自己那間房的門縫：「我就不信他今天不出來。」

時間就這樣一分一秒過去，直到晚上九點半，整個走道除了偶爾有客人出入，再無沈銘嘉的動靜。

尤昕蹲得有點無聊，忽然問：「你跟沈銘嘉沒上過床吧。」

溫妤：「怎麼可能，他也配？」

「那就好，」尤昕鬆了口氣，「今天我那個化妝師朋友告訴我，沈銘嘉還撩自己的女粉，圈子裡都知道。」

「……」

就在尤昕告訴溫妤聽來的這些破事時，走道裡終於又有了動靜。

有個房間門開了。

是沈銘嘉！

他換了身休閒的衣服，身後還跟了幾個人，好像要出去。

溫妤馬上推了推尤昕，兩人也打開門，悄悄跟在後面。

不得不說，尤昕的男裝在這時候就起了很大的作用，旁人只當他們是一對年輕情侶，根本沒多注意。

這次沈銘嘉去了三十九樓。

尤昕皺眉：「三十九樓好像是頂樓餐廳欸，他去那幹什麼？」

溫妤馬上按住旁邊的電梯：「跟上去看看不就知道了。」

於是緊隨而至的，兩人也跟到了餐廳。

今天是跨年夜，飯店餐廳舉行了跨年的主題派對，頂樓名流聚集，杯觥交錯，非常熱鬧。

看得尤昕邊走邊罵：「要不是這個死渣男，我們倆今天就應該在開開心心地跨年。」

溫妤眼睛一直盯著沈銘嘉，只見他在一個位置上坐下，很正常的用餐模樣。

她便也順著在靠近的地方坐下，回尤昕：「要是今天沒抓住他什麼把柄，就當來這跨年了。」

說著她拿起菜單，「點菜，別被人看出來。」

尤昕一本正經地看起了菜單，隨便點了幾個便宜的。

而坐在他們對面的沈銘嘉卻一直沒什麼動靜，很正常地跟身邊的人吃飯、喝酒、聊天。完全在等待跨年的樣子。

看了好一會，溫妤有點沮喪：「難道剛剛那個小三真是我看錯了？」

尤昕安慰她：「狗仔隊也不能保證次次跟蹤都能拍到料，你已經盡力了。」

溫妤正要說什麼，手機忽然在口袋裡震動起來。她拿出來一看，嚇得馬上做了個噓的動作。

「是蔣禹赫！」

尤昕也嚇了一跳，嘴型比劃著——

「怎麼辦？」

周圍人聲鼎沸，跑出去接又怕走動頻繁暴露目標，想了想，溫妤乾脆按掉。

然後回蔣禹赫：【哥哥我在做護理不方便接，待會打給你。】

尤昕看著溫妤傳訊息忽然疑惑，「蔣大佬都不跨年的嗎？」

溫妤：「你覺得他會是那種有情調的人？」

「……」

兩人又無聊地等了會，十點整，餐廳的爵士樂隊忽然開演，充滿節奏感的鼓點音樂瞬間將餐廳內的氣氛推上高潮。

尤昕也跟著音樂晃動起來，順便捅身邊的溫妤：「別鬱悶了，就算今天沒跟到料，不是還有他跟粉絲曖昧的事嗎，來來來，高興一點，別為了個渣男跨年都不快樂。」

尤昕手搭上溫妤的肩，拿出手機：「這是我倆第一次在京市跨年，我這麼帥，你這麼萌，必須拍張照留個紀念。」

溫妤被她那句帥逗笑了，「帥屁啊，小白臉。」

兩人在鏡頭面前親密自拍，拍到興起的時候，頻頻秀了各種高能動作。

忽然，溫妤餘光一瞥，迅速垂下頭：「別拍了，沈銘嘉站起來了。」

坐在不遠處的沈銘嘉忽然起身，直直朝溫妤的方向走過來。

尤昕也埋著頭，假裝看手機照片：「不會吧，不會是被發現了吧？？？」

溫妤也不確定，但她倒沒緊張：「發現又怎麼樣，我們不能來這吃飯嗎。」

說的也是。

尤昕頓時又坐直了，原以為沈銘嘉走到他們面前會停下，誰知他竟然完全沒看出他們似的，徑直朝他們身後的位置走過去。

溫妤好奇地跟著轉過去：「他要去找誰？」

一年一次的跨年夜，蔣禹赫都是和一幫朋友在祁敘的飯店過。

今晚也不例外，祁敘跟過去一樣，頂樓餐廳最大的那桌留給了他們。

蔣禹赫到餐廳的時候，經常玩的幾個朋友都到了。

他西裝敞開，樣子散漫不羈，一落座祁敘便問：「不是兩個嗎，怎麼一個人來了。」

有人遞了根菸給蔣禹赫，他接過來，語氣平平回：「她有事來不了。」

祁敘意味深長地哦了聲：「怪不得你這麼晚才到，看起來也沒什麼興致。」

「我？」蔣禹赫嗤了聲，往杯子裡倒滿了酒：「你哪隻眼睛看出她不來我就沒興致了。」

「兩隻眼睛都看到了。」

「……滾。」

祁敘笑了笑，忽地跟不遠處一個男人點了點頭，起身道：「范總在那邊，我過去打個招呼。」

蔣禹赫有些心煩意亂，手機摸出來好幾次，都沒看到任何新訊息。

旁邊友人打趣：「你今天不對啊，一副魂不守舍的樣子。」

「聽說你最近養了個妹妹？怎麼回事，什麼時候開始喜歡玩禁忌戀的？」

周圍各種獵奇發問，蔣禹赫卻懶得理會，只獨自悶頭喝著酒。

幾分鐘後，祁敘打完招呼回來，靠到他旁邊輕道：「老實說，你那位妹妹有什麼事來不了？」

蔣禹赫一身低氣壓：「誰知道她哪根筋不對，跨年夜跑去做什麼皮膚美容。」

祁敘驀地笑了，「是去做美容，還是偷偷戀愛了你不知道？」

？

蔣禹赫皺了皺眉，剛想問他什麼意思，瞬間又好像明白過來。

祁敘用下巴指了指前面，「七點鐘方向，是不是她。」

蔣禹赫隨即看過去。

雖然一身奇裝異服，還紮著奇怪的辮子，但蔣禹赫還是一眼便看出，那是溫妤。

她旁邊——是個矮個子男人。

兩人靠在一起，正嘀嘀咕咕不知道說什麼。

蔣禹赫臉色頓時沉下來，什麼也沒說，直接就打了過去給她。

誰知接通後兩聲，溫妤竟然掛了。

還緊接著傳了則訊息說自己正在做護理不方便接。

明目張膽地撒謊。

祁敘看到這滑稽訊息忍不住笑了：「看來乖妹妹叛逆了，你反省一下自己，是不是對人家關心太少。」

蔣禹赫黑著臉。

就差把她供起來了，還要怎麼關心？

旁人這時也發現了蔣禹赫的不對，目光都整齊劃一跟著看過去。

兩人現在開始自拍了。

那小白臉還把手搭在溫妤肩上。

摟著她。

甚至還做了嘴靠著嘴親吻的動作。

蔣禹赫捏著酒杯的關節泛白，半晌沒說話，眼裡的神色已然說明了一切。

祁敘也看出事情似乎有些過頭：「……要不我過去叫她過來？」

話音剛落，一道身影突然站到了他們面前。

「您好蔣總，這麼巧在這遇到，我敬您一杯，跨年快樂。」

沈銘嘉端著酒杯，畢恭畢敬，毫不知情自己的出現完全擋住了蔣禹赫的視線。

一秒。

兩秒。

三秒。

蔣禹赫一點回應沒給沈銘嘉，反而慢條斯理地伸手將他推到一側。視野裡重新有了溫妤和那個小白臉的畫面。

不過不同的是，此刻兩人不知道為什麼也轉過了頭，隔著幾桌客人，完美精準地與蔣禹赫的視線對上。

溫妤：「……」

尤昕：「……」

兩人呆了。

然而電光石火驚心動魄這一刻，蔣禹赫卻沒有想像中的動怒，他平靜端起面前的酒杯喝了一口，收回視線的同時餘光輕掃溫妤，留下一個似是而非的眼神。

好像在說——

「你自己過來還是我過去？」

第六章　只要她在身邊

溫妤怎麼都沒想到，她千辛萬苦，費盡心思，花錢又花力地準備了這麼一場抓姦大戲，竟然會是這個結果。

小三沒蹲到，渣男沒蹲到，卻蹲來了便宜哥哥。

他不是在加班嗎？

他為什麼會在這裡啊！

啊啊啊！！！

溫妤要瘋了。

趁沈銘嘉還沒有回頭，她當即扯著尤昕轉身——

「別看了！」

尤昕的聲音也哆哆嗦嗦：「完了，你不是說蔣大佬沒情趣跨年嗎，對面那個男人是他吧，我沒眼花吧？」

溫妤雖然也慌，好在還保持了最後那點清醒：身後那個蔣禹赫和沈銘嘉同框的修羅場，她是絕對絕對不能參與的。

她只能退。

「昕昕，你趕緊走，你先跑，別管我。」

溫妤現在也不能確定等會會發生什麼，但不管怎麼樣，她不想連累尤昕。人家才剛剛入圍了演員計畫，如果因為自己的事被取消資格，那她就是罪人了。

「快點走，我善後。」

尤昕：「你真的可以？」

「聽我的，你在這我更麻煩，快走！」

溫妤這麼說了，尤昕也只好聽她的：「回去了如果沒事傳個『一』給我，有事就直接打我電話！」

說完尤昕立即低頭走出了餐廳。

蔣禹赫看到了這一切，不知是不是覺得好笑，很輕地哼笑了一聲。

但仍然坐在那不動。

旁人也似乎看出了幾分端倪，調侃道：「喲，養的妹妹早戀了？」

「瞧這打扮，有十八歲沒有？」

一直被冷在旁邊的沈銘嘉這時也順著議論的方向轉身看過去。

就在他面前不到十五公尺的位置，一個穿得花花綠綠，還紮了兩條誇張辮子的女生背對著他。

沈銘嘉皺了皺眉，在心裡快速想，蔣禹赫有妹妹？只聽說過蔣家還有個長女，目前在國外，沒聽說過還有其他妹妹啊。可能是表妹或者堂妹，看起來好像年紀不大的樣子。

不知怎麼，沈銘嘉突然有了些大膽的想法。

「蔣總，」他故意找著話題，「叛逆期的小女生要有點耐心，我也有個表妹，十八、九歲的時候特別叛逆，當時我跟她也是磨合了很久，這方面我還挺有經驗，要不我過去幫您跟她聊聊？」

蔣禹赫一直看著跟鵪鶉一樣縮在位置上的溫妤，頓了頓，淡淡道：「不用了。」

那杯沈銘嘉敬來的酒最終也沒喝，他起身走到溫妤身邊，一隻手拿自己的外套，一隻手牽著溫妤的後衣領，跟拎小雞仔一樣把人拎走。

溫妤：「……」

眾人：「……」

沈銘嘉看著那個背影許久，笑道：「蔣總一定很疼這個妹妹吧。」

祁敘看了看他，似乎品出了一絲不對，提醒道：「蔣總的事，外人最好別過多猜測。」

這其實已經是在敲打沈銘嘉少動歪心思。

可沈銘嘉卻完全沒領悟到。

他回到自己的餐位上，壓低聲音跟身邊的經紀人說：「蔣禹赫原來有個妹妹，怎麼一直沒聽到消息？」

經紀人也愣了下：「是嗎？」

「我剛剛在那邊看到了，那女孩年紀可能也就十八左右，看起來挺叛逆的，和蔣禹赫關係不好，但蔣禹赫很疼她。」

沈銘嘉一口氣說完，經紀人反應了下，「所以呢？」

「我太瞭解這種叛逆期和家長對著幹的小孩了，你去打聽打聽，看能不能弄到這個妹妹的聯繫方式，但是一定要避開蔣禹赫，不要讓他知道。」

「你想幹什麼？」

「我們的合約連個主演都不肯跟我保證，如果我能搞定他這個妹妹，怎麼說都是一家人了，到時候還怕沒有資源？」

經紀人思索片刻，搖搖頭：「太大膽，蔣禹赫那個人你玩不過他。」

「我玩什麼了？」沈銘嘉誇張地做了個聳肩的姿勢，「我只是準備和他最疼的妹妹談場自由戀愛，互相喜歡而已，怎麼能叫玩呢？我很認真的。」

「扯幾把蛋吧你。」經紀人斜瞥他：「你就確定人家妹妹能看上你？」

沈銘嘉一副自豪樣：「江城華度集團的大小姐都被我搞定過，這種青春期的叛逆丫頭，我一個星期的時間就能搞定。」

那頭，溫妤被蔣禹赫拎到了車上。

一言未發。

他伸手要去開車，溫妤忙攔住，弱弱地賣乖：「哥哥，你喝了酒，我來開吧。」

蔣禹赫的確有幾分失去了理智。

他沒說話，改坐到了副駕駛。

溫妤來到駕駛位，扣好安全帶，餘光偷偷看身邊的男人。

一張冷到看不出絲毫溫度的臉，比之前任何一次都要糟糕。

今晚或許不是暴風雨，不是炸藥，而是……連溫妤都無法預計的後果了。

溫妤後悔萬分。

她在做洲逸飯店攻略的時候還看到了這個飯店的管理者是祁敘，是蔣禹赫最好的朋友。

她怎麼就忽略了這個可能。

都怪自己全部心思都被渣男佔據了，竟然犯了這種低級錯誤。

開回別墅的路上，蔣禹赫一句話都沒說話，他始終閉目，溫妤好幾次想為自己解釋幾句都開不了口。

怎麼解釋？

撒謊被抓了個現行要怎麼解釋？

和一個「男人」在餐廳裡摟摟抱抱自拍卻對他說在做皮膚美容，怎麼解釋？

溫妤頭要炸了，第一次不知道該怎麼辦。

她再聰明，今天這樣棘手的局面似乎也解不了了。

車開到家裡的地下室，停好，溫妤解開安全帶，轉過身剛要對蔣禹赫開口說點什麼，男人卻一聲未吭地下了車。

溫妤愣了愣，忙下車跟上去。

「哥哥。」

她手去拉他的袖子：「哥哥，你聽我說。」

溫妤莫名有點慌。

可蔣禹赫還是沒有任何回應，好像回到了第一天他們回這個家時的狀態。

電梯門開，蔣禹赫直接走進去，溫妤緊跟在後面，「我，我只是想跨年出去玩，不想加班，所以……所以。」

這麼拙劣的藉口，溫妤都說不下去了。

蔣禹赫更是毫無反應，等電梯到了二樓，他徑直走出去，剛好遇到在走道裡打掃的十二姨。

「回來了？」十二姨才直起腰開了個口，馬上就敏銳發現了這兄妹倆的不對勁。

一個面無表情往前走，一個欲言又止跟在後面。

直到到了蔣禹赫房間門前，眼看他就要這樣進去，溫妤終於忍不住了，兩步跨上去攔住他：「哥哥，你要是生氣了可以罵我，你別這樣不說話，我會難過。」

蔣禹赫微頓，目光垂下看她：「你難過？」

溫妤點頭。

十二姨拿著吸塵器默默站遠了些。

「好。」蔣禹赫直接問：「剛剛那個人是誰。」

溫妤：「……」

無論如何她都不能說出尤昕的真實身分，一旦暴露了她，即等於暴露了自己。

已經錯成這樣了，也不怕再多錯一樣。

溫妤低著頭，咬唇小聲道：「網友。」

「網友？」

「就是那個微信的搖一搖，搖出來的……」越到後面，溫妤聲音越來越細。

蔣禹赫的胸口微不可察地有起伏。

想起溫妤在辦公室玩手機，見到自己時卻又慌張收起來的樣子。

想起她說反常地要一個人去吃午飯，一個人去做美容。

原來如此。

他在忍，在控制。

「手機。」

溫妤頭皮一麻，要手機幹什麼？

可她來不及想了，趕緊交了上去。

先奇數再偶數，蔣禹赫已經知道她的密碼，順利打開手機：「微信在哪。」

溫妤身體僵硬地站在那，感覺要玩完了。

她一直都非常警惕，和尤昕、周越聯繫後都會第一時間刪除交流的內容，不留任何證據。

但今天她和尤昕忙了一晚上，一直在跟蹤沈銘嘉，她們之前聊過什麼，她現在腦子裡一片空白，真的不記得有沒有及時刪掉。

「我問你微信。」男人提高了聲音。

溫妤這輩子沒這麼緊張害怕過。

十二姨也好像看出了不對勁，提著吸塵器走過來：「少爺你好好跟小魚說話，你不要這麼兇呀，你會嚇到她的。」

「她沒你想的膽子那麼小。」蔣禹赫冷道，「不說是嗎。」

一個APP而已，能藏到哪裡。

果然，蔣禹赫隨便翻了幾下後，在一個隱蔽的資料夾裡找到了微信。

打開，聯絡人除了自己外有兩個，其中一個的頭像是老何的女兒茵茵。

那麼另外那個用狗做頭像的，應該就是今晚那個男人了。

蔣禹赫直接打開他們的聊天紀錄。

溫妤閉緊了眼睛，頭重腿軟，身體一陣陣發麻。

她開始想，待會自己會被怎麼趕出去。

如果只是連著行李讓她滾蛋還好。

就怕……就怕他沒那麼簡單放過自己。

溫妤拚命讓自己冷靜，可這種關頭，想要冷靜下來太難了。

溫妤感覺心跳已經抵到了嗓子眼裡，只差蔣禹赫一個眼神，就能跳出來。

蔣禹赫粗略掃了眼與小白臉的對話紀錄，而後冷笑：「你很喜歡搖一搖是嗎。」

看完紀錄竟然是問這一句？

那看來和沈銘嘉有關的應該都被自己刪掉了。

溫妤從緊張到窒息的氣氛裡暫時抽離了一點出來，仍不敢怠慢地回：「不是，我只是……那幾天有些無聊。」

「無聊就要找男人陪你出來玩？」

「你每天工作都那麼忙，我找人陪我玩不是很正常嗎……你雖然是我哥哥，但你也不能剝奪我交朋友、談戀愛的社交權利吧？我是成年人啊哥哥。」

溫妤一番急促的話畢，走道鴉雀無聲。

連十二姨都自覺地關掉了吸塵器。

窒息，沉悶，壓抑。

溫妤隱隱感覺自己好像說錯了話。

她喘不過氣來，更不敢去看蔣禹赫的眼睛。

很久後，蔣禹赫才冷笑一聲：「是啊，我不記得你是成年人了。」

溫妤：「……」

他把手機還給溫妤，「無所謂，你繼續搖，多搖幾個。」

溫妤：「……」

蔣禹赫說完便推開她回了房間，門碰的一聲被帶響，震得溫妤後背好像被打了一拳。

她只覺得背後都是冷汗，閉了閉眼，趕緊打開自己和尤昕的對話視窗。

好消息是，今天晚上之前她們聊過的所有紀錄都刪掉了。

壞消息是——

僅存的三則紀錄，惡劣到了極點。

yuyu：【你到了嗎？】

沒心大魔王：【在路上了，等我五分鐘。】

yuyu：【快，我等不及了！（呲牙）】

這是晚上溫妤到飯店後傳給尤昕的訊息。

她等不及了。

等不及了。

不及了。

可她是等不及去揍渣男，不是等不及去見網友啊！

太冤了。

溫妤有種想從樓上跳下去的衝動。

十二姨假裝清理到了溫妤附近，瞟了她一眼：「你又惹少爺生氣了？」

溫妤覺得可能已經不是生氣那麼簡單了。

以前生氣他還會跟自己冒火，會罵自己。

可現在。

他好像都不想理她了。

溫妤沮喪地回到隔壁自己的房間。

趴在床上緩了很久，不知道為什麼，想起蔣禹赫冷漠對她的樣子，心裡一陣難過。

從最先開始他對自己愛理不理，到慢慢接受，她開始進入他的生活，他們每天都住在一起，某種程度上——

溫妤真的已經把他當成自己半個哥哥，在他身上感受著親哥哥缺失的那份關愛。

所以剛剛才會一時情急說出那樣的話。

可說出來他卻好像更生氣了。

也是，對他撒謊就罷了，還說他沒權利管自己。

溫妤煩躁地扯了扯頭髮。

她為什麼要那麼說啊。

真是慌到完全失去了邏輯。

溫妤在床上趴了很久，手機滴一聲響，她愣了愣，趕緊翻身去看。以為是蔣禹赫，沒想到是尤昕。

尤昕回去後一直不放心，等到現在還是沒忍住傳來了一個：【一】

這是她們的暗號。

溫妤失望地躺回去，沒精打采地回她：【我到家了，沒事，沒露餡。】

尤昕：【那就好，剛剛嚇得我腿都軟了。】

溫妤：【可蔣禹赫不理我了。（哭）】

尤昕：【為什麼？你怎麼解釋的？】

溫妤把自己編的搖一搖告訴了尤昕：【之前在江城我跟周越就差點被發現，後來又是趙文靜，現在又是你，我想他可能覺得我是個養不熱的白眼狼吧，老惦記著外面的人。】

頓了頓，又繼續傾訴：【關鍵是我剛剛頭腦一熱，我竟然說他沒權利管我交朋友談戀愛。】

【他聽完就說了句隨我便，然後走了。】

尤昕一連傳來好幾個問號表情符號：【你這話是有點欠考慮欸，人家現在把自己當你的監護人，給你吃給你住，你跑出去嫖我這個小白臉不說，還叫人家別管你跟誰談戀愛，我聽了都會生氣。】

溫妤也知道這個道理了，嘆氣問：【那我現在該怎麼辦？】

【道歉啊！認錯，各種認錯，各種撒嬌。】

這一招溫妤不是沒有想過，只是不知道這次……還有沒有用了。

忐忑不安地過去一夜，第二天一大早，溫妤比平時早起來了些，洗漱好到樓下，卻看到蔣禹赫已經坐在了餐桌前。

她小心翼翼走過去，「哥哥早。」

沒反應。

「哥哥，喝咖啡嗎？」

「哥哥，我幫你拿衛生紙。」

「哥哥，我來我來。」

諸如種種，幾乎全是單方面的對話。

好不容易吃完這個冷到極點的早餐後，溫妤拿上包包跟著蔣禹赫，剛到玄關，男人冷淡的聲音落下來：「你留在家裡，不用跟著我。」

溫妤：「……」

蔣禹赫已經很久沒有這麼冷漠過了。

這種感覺溫妤並不陌生，剛從醫院回來的時候，他就是這樣。

全身上下都在抵觸自己的出現。

現在這種感覺又來了。

莫名地，溫妤有些不知所措。

心裡好像失去了什麼，空蕩蕩的，被一種無所適從的茫然包裹著。

她站在門口很久，久到蔣禹赫的車開出去很遠，完全看不見了，還站著。

十二姨在清理草坪，經過溫妤身邊時淡定一句：「我很多年沒看到他這樣了，你真有本事。」

溫妤：「……」

之後的一天、兩天、三天，都是這樣。

新的一年，蔣禹赫和溫妤幾乎沒有任何交流。

他每天早出晚歸，溫妤連他的人都看不到，好幾晚都是夜裡兩、三點才回來，早上六、七點又走。

溫妤感覺他是不想看到自己。所以連這個家都不想回了。

溫妤受不了這種氣氛，受不了明明之前還能對他撒嬌賣乖，他也照單全收，現在卻突然不復從前，一切降到冰點。

這天晚上，等蔣禹赫回來又等到了夜裡十一點。

溫妤這輩子沒這麼等過一個人。

她看了眼手錶，終於下定決心，不要再這麼無望地等下去了。

如果蔣禹赫是真不想理她了，把話說清楚，她可以馬上走人。

不要再這樣冷戰，她受不了。

溫妤馬上打電話給老何。

「何叔，哥哥跟你在一起嗎？」

老何不明內情，老實回道：「老闆現在在ＦＩＬ會所，我在樓下等著他呢。」

「好。」

在會所是吧。

這一刻，溫妤不知道哪來的決心和勇氣。

她披上外套，換好鞋，叫了輛車就直奔ＦＩＬ會所。

這是京市很知名的一家高級娛樂會所，出入的也多以商圈和娛樂圈的人居多。

溫妤不是熟面孔，也沒人帶，在門口就被人攔了下來拒絕進入。

她打電話給蔣禹赫，但沒人接。

無奈之下，溫妤只好又找到了老何。

老何單純以為溫妤只是來找老闆玩，並不知道他們最近降到冰點的關係，因此特地從停車場趕來。

他是蔣禹赫的司機，這裡人人知道。由他出面，服務生順利把溫妤放了進去。

「蔣總在Ｖ三，小姐這邊請。」

在服務生的帶領下，溫妤終於順利朝包廂走過去。

在家的時候倒是充滿勇氣，可眼下快到了，溫妤又有些緊張。

她邊走邊深呼吸著，把準備了一大段的話反覆在心中回憶默念。

走到走道中間一個豪華包廂門口，服務生停下，「小姐你這邊稍等，我先進去通知一下。」

溫妤：「好。」

門微敞開，溫妤悄悄移了兩步過去，看到了包廂內的場景。

這個包廂很大，黑色茶几上擺放著數種不同類型的酒瓶，沙發上零零散散坐了十多個人。

蔣禹赫坐在沙發中間，沒穿外套，黑色襯衫很散漫地扣著，袖子也隨意挽在兩邊。

他身邊還坐了一個女人。

一個很漂亮的女人，好像在電視上見過，姓桑。

服務生走過去在他耳邊說了什麼，蔣禹赫聽完抬頭，視線看出來。

旁邊那個女人竟也跟著看了過來。

帶著某種微妙的審視和打量。

溫妤顧不上去回憶她是誰，一直看著蔣禹赫。

用一種翹首盼望的眼神。

她這次是真心的，一點都沒演，也希望對方能感受到。

可兩人遠遠對視了幾秒，蔣禹赫還是主動移開了視線。

他叫來了厲白，不知說了什麼，厲白點點頭，跟著走出來。

溫妤主動問：「厲白哥，我能進去嗎？或者你叫哥哥出來兩分鐘，我就說幾句話而已。」

然而厲白卻說：「老闆在忙，不太方便，我叫老何把車開過來了，你先回去。」

溫好急切地張了張嘴：「我只要兩分鐘而已。」

厲白沉默幾秒，搖頭。

這個動作溫好一下就明白了。

蔣禹赫的意思，誰都改變不了。

什麼忙，什麼不方便。都是藉口而已。

過去不是沒有被他無視過，被他冷落過。可都不如今天這樣，讓溫好覺得嗓子裡酸澀得難受。

她頓時有些氣惱，咬了咬唇轉身，在包廂門被關上前的最後一絲縫隙裡卻看到那個漂亮女人點燃了打火機，把火遞到了蔣禹赫面前。

接著輕輕抬頭，看向被拒之門外的溫好。

這個眼神，像極了自己當初在餐廳外看趙文靜的樣子。

挑釁，輕視，滿不在意。

溫好討厭這個眼神。

卻在眼下這種時候，感受到了趙文靜當時的無能為力。

因為，這次被拒之門外的那個人是她。

果然是天道好輪迴嗎，自己終於也體會了一把這種滋味。

不好，很不好。

溫好不知道為什麼很心痛。

她扭頭離開包廂，等電梯的時候忽然聽到有人叫她的名字。

「溫妤？」

溫妤微愣，循聲回頭——

竟然是沈銘嘉。

看方向，應該是從洗手間那邊過來的。

沈銘嘉走近：「你怎麼在這？」

溫妤現在心情不好，不想理人，冷冷回：「和你有什麼關係。」

沈銘嘉笑：「就算分手了也不用跟仇人一樣吧？」

頓了頓，他上下打量溫妤：「不是說會過得比我愜意比我快活嗎，怎麼我看你好像也不怎麼樣。」

溫妤才被剛剛那個女人的眼神傷到，現在又遇到渣男。

她煩透了，沒什麼心思去懟他，平靜地走入電梯：「我好不好不重要，你很快就會不好，這就夠了。」

「又是這句話啊。」沈銘嘉不以為然地笑了，「好啊，那我等著。」

從會所大門出來，冷冽空氣吹得溫妤打了陣寒顫，可再冷的天氣都冷不過她現在的心。

她很遠就看到了老何的車，卻不想過去。

蔣禹赫寧可在這跟人喝酒都不回去，寧可旁邊有美女點菸都不肯出來見自己兩分鐘。

她又何必要乖乖聽他的話回去。

大家各玩各的好了。

無所謂。

溫妤打電話給尤昕：「出來喝酒嗎。」

尤昕剛陪化妝師朋友下班，聽得一頭霧水：「小姐都快半夜十二點了你要去哪裡喝酒？」

溫妤也不知道，她坐到了一輛計程車上：「大哥，找家最近的酒吧。」

搞得尤昕趕緊跟化妝師朋友道別：「不行，我姐妹好像不大對勁，我要去看看。」

&

ＦＩＬ會所內。

桑晨的打火機送到蔣禹赫唇邊，「老闆，我幫你。」

她聲音很輕很細，指尖是和火焰一樣妖嬈的紅，火苗在金屬打火機上燃了三秒，蔣禹赫微微偏頭。

看著桑晨。

一個冷冽又滿是警告的眼神。

桑晨莫名怵了下，慌忙拿開打火機：「對不起。」

蔣禹赫這才開口：「我讓你過來是幹什麼的。」

桑晨：「和文導聊聊。」

「那你在幹什麼。」

桑晨抿了抿唇，明知道這個男人的禁忌和規矩，但不知為什麼，剛剛看到來找她的女人時，莫名想起了公司裡最近傳聞的那個陪他進辦公室的人。

桑晨很嫉妒。

大學剛畢業，她就被蔣禹赫從學校選中擔任了亞盛電影的女主角，人人都說蔣禹赫一定是看上了她。

是啊，她年輕又漂亮，腿還長。

處處都符合傳聞中蔣老闆的口味。

可電影拍完，除了工作安排，正常的應酬需求，他沒有跟她再進一步。

桑晨不明白。

她從不相信這個圈子裡有單純的關係，也不相信才畢業的自己有什麼值得這麼一位資本大佬看中的。

除了，她年輕的身體。

但就算是，她也願意。

因為這個男人太過吸引人，他有能力在這個圈子裡運籌帷幄，即便那些傳聞中的冷漠和狠戾令人敬而遠之，桑晨還是想要靠近他，瞭解他。

黎蔓的時代結束了，公司人人都說，蔣禹赫只想捧她。

連投資上十億的電影都欽點她做女主角。

桑晨有時也會想，他會不會對自己也有一點感覺。

他只是太驕傲，太矜貴，太遙遠。

他們之間或許有一些距離。

桑晨希望透過自己的努力，去努力走到他身邊。

可這時卻冒出一個能去他辦公室的女人。

她沒見過，但公司傳得沸沸揚揚，還有人調侃她還沒上位就結束了。

桑晨很想知道那個女人長什麼樣子。

剛剛在門外那一對視，不知道為什麼，桑晨覺得就是她。

可她竟然被蔣禹赫拒絕進來了。

看著她失望難過的樣子，桑晨莫名有些舒心。

因此才故意點了火，想要送給蔣禹赫，順便讓那個女人知道——蔣禹赫還有自己。

這種念頭讓她暫時沖昏了頭腦，等看到蔣禹赫帶著警告的眼神時，她才驟然醒來。

她越界了。

桑晨垂頭，走向另一側導演的位置旁坐下，偶爾抬頭看一眼蔣禹赫，心中思緒萬千。

《尋龍檔案》這部戲投資太大，本來準備在下半年開機，但這幾天專案突然出現了些問題。

公司有專門負責發行的部門去處理，原不需要蔣禹赫出面解決，可他卻主動把事情攬上了身，每天早出晚歸。

溫妤說的沒錯。

蔣禹赫不想回去看到溫妤。

這個女人從車禍後睜開眼睛就把自己認定了哥哥。在她的世界觀裡，自己是她的哥哥、兄長。

所以一個兄長的角色，有什麼資格去管人家找男的還是女的朋友，更或者是——談戀愛？

他的確沒這個資格。

可為什麼看到她和別的小白臉抱在一起時，他心裡會吃味，會不爽，會失去理智地想要把她獨佔手中，甚至……

蔣禹赫不敢去想那個可能。

他覺得自己瘋了。

更不敢去想，如果溫妤知道他心裡想的這些，會是怎樣的反應。

不願意去面對，便借著公事去逃避。誰知她竟然倔強地找了過來。

不看到還好，一看到滿腦子又都被打亂。

煙霧混合酒精，蔣禹赫按著眉骨整理心情，文導帶著沈銘嘉走過來：「來敬蔣總一杯，都快是一個公司的人了，你又是尋龍的男二，要請蔣總以後多多關照。」

上次的酒沒喝，這次導演親自領過來，蔣禹赫總要給幾分面子，正要端起酒杯，厲白從旁邊走來，低聲道：「老何問小姐怎麼還沒下去，他等了很久都沒看到人。」

蔣禹赫臉一沉：「沒下去？」

厲白點頭。

蔣禹赫隨即看了眼手錶，溫妤離開已經有快一小時，現在是夜裡十二點四十五。

他馬上打回去給十二姨：「她回去沒有。」

十二姨已經睡了，披上衣服爬起來到門口看了一圈：「沒有，拖鞋還在門口呢。欸我說你們倆能不能——」

話沒說完，蔣禹赫就掛了。

他直接起身往外走，旁邊人愣了下，問：「蔣總要走嗎？」

蔣禹赫無空理會，厲白在後解釋：「抱歉，蔣總臨時有點急事，你們先玩。」

這樣，沈銘嘉的第二杯酒再次落了個空。

他不禁有些懊惱：「媽的，我敬他兩次了，一次面子都沒給我！」

旁邊的文導皺了皺眉：「銘嘉，小心點說話。」

「……」

「人家什麼地位，你什麼地位，這個圈子裡混，在要有自知之明才行。」

「嗯，是是是。」沈銘嘉好不容易攀上了《尋龍》導演的圈子，自是敬他三分，但回了座位卻還是難忍憋屈地對經紀人吐槽。

經紀人卻給他帶來了一個消息：「你之前不是想找蔣老闆那個妹妹的聯繫方式嗎？今天一個粉絲團的會長告訴我，你有一個粉絲群的群主是蔣禹赫司機的女兒，你如果還有那個想法，我去幫你套一套話？」

剛剛才被冷落了的沈銘嘉十分煩躁，點了點頭，「快去弄。」

尤昕趕到酒吧時，溫妤已經很豪邁地開了七、八瓶不同品牌不同類型的酒。

「你怎麼了？」尤昕忙坐到她旁邊，按住她的杯子，「有事好好說，喝這麼多幹什麼？」

「他還不是這麼喝的。」溫妤平靜端起一個滿杯的洋酒兩口悶下去，「他能為什麼我不能？」

尤昕茫然：「誰啊？」

或許是見到了閨蜜，溫妤壓抑了好幾天的委屈全面氾濫。

「還能有誰？」

「除了那個姓蔣的還有誰這麼對我。」

「歉我道了，錯我認了，他就是不理我，把我當空氣，無視我冷落我。」

「我剛剛親自跑去找他，我人都站在門口了，他還是不肯見我。」

溫妤一邊說一邊哭，聽得尤昕都心疼了，「都是我的錯，如果我不扮個男人……」

「和你沒關係，就是他小氣！」說著溫妤又把不知道什麼牌子的酒混在一起仰頭一口。

尤昕忙去拉勸：「你不要喝這麼雜啊，會醉的。」

「醉了就扶我去你那，我不想回去了。」

尤昕：「那他找你怎麼辦。」

溫妤搖搖頭：「他巴不得我走，不會找我的。你知道嗎，他今晚身邊又有新女人了，那女人還當著我的面挑釁我，幫他點菸。」

說到這溫妤又激動起來，「會玩打火機很了不起嗎？」

她眼淚汪汪轉過來：「抽菸嗎，我幫你點。」

尤昕：「？」

救命啊。

之後半小時裡，尤昕被溫妤強行點菸十八次，嗆得鼻孔直冒煙。

這也就罷了，關鍵是溫妤一口又一口，攔都攔不住。

尤昕好幾次皺著眉看她，既心疼又無奈。

這哪裡是跟哥哥吵架的樣子。簡直比失戀還誇張。

尤昕嘆氣，輕拍溫妤的背：「乖了，別喝了。保持體力，我們還要去抓沈銘嘉的證據呢。」

溫妤被這麼一提醒，醉意朦朧地拿起手機。

「要什麼證據，我就是證據。」

尤昕察覺不對，靠過去看溫妤在手機上打的字，等看清內容後一個爾康手——

「不是，溫妤你冷靜點，你別衝動，你——」

話還沒完，溫妤已經按了發佈，關上手機，「去死吧。」

「……」

腦中空白了兩秒，尤昕忙打開自己的微博。

才一分鐘而已，溫妤發的那則已經有三十多則回覆了。

瘋了瘋了，尤昕馬上搖溫妤：「你認真的嗎？你是不是清醒的？你快刪了啊等會打草驚蛇了！」

可溫妤沒聽到，也聽不到。

她喝得又快又急，已經醉了。

手裡握著酒杯，人卻已經趴在了桌子上，迷糊睡去。

蔣禹赫的電話也是這時候來的，尤昕看到螢幕上顯示「親愛的哥哥」，忙推了推溫妤：「蔣禹赫打電話來了。」

溫妤昏昏沉沉抬頭看了眼，手一揮，掛了。

尤昕怔住：「不接？」

「不接。」

沒一會，電話又響了。

溫妤繼續掛。

尤昕是真的看不懂這兩個人了。

就這樣一個打一個掛的拉鋸戰持續了十多個回合後，溫妤徹底睡著了。

蔣禹赫的電話這時又打了進來。

夾在這兩人之間的尤昕心情比坐雲霄飛車還要跌宕起伏。

糾結了下，尤昕還是捏著鼻子接起了電話。還好臺詞功底好，把一個服務生表演的有模有樣，添油加醋。

「你好，手機的主人在我們酒吧喝醉了，你如果是她朋友的話快來吧。嗯，她身邊還圍了很多男人呢。」

好傢伙，不到十分鐘，蔣禹赫就出現在了酒吧。

這是一家藏在巷子裡的小酒館，人不多，尤昕從門口看到他的身影後，馬上躲到了旁邊暗處裝路人。

溫妤的風衣脫在一旁，裡面穿的是一件圓領毛衣，酒喝多了後各種亂動，現在趴在桌上的她整個雪白肩頭都亮了出來。

酒館曖昧燈光下，白皙皮膚被酒精染上幾分酡紅，分外誘人。

蔣禹赫上來一句話沒說就先脫了外套蓋在她肩上。

然後把人抱起來朝外走。

尤昕終於鬆了口氣。

這塑膠兄妹吵個架，比人家情侶分手都激烈。

&

回去的時候，溫妤睡得很沉。

她少有喝酒，以前雖然也經常和朋友們組局，但都是兩、三口意思意思，很少會像今天這樣，啤酒、紅酒、洋酒混在一起，喝得天昏地暗。

老何有些心疼，「怎麼喝那麼多啊，剛剛來的時候不還好好的嗎。」

蔣禹赫抿唇看著窗外，一言未發。

到家後，見溫妤還在睡，蔣禹赫打算直接把人抱到二樓去，可或者是動作稍大，溫妤被弄醒了。她腦子很重，人也不太清醒，但睜開眼睛發現面前那張臉是蔣禹赫，頓時激動起來。

「誰要你抱？」

「放我下來。」

「我現在不想理你！」

溫妤一直反抗，蔣禹赫不想跟她廢話，原本抱著的姿勢直接強硬改成扛在了肩上。

溫妤被禁錮得無法動彈，頓時更惱。

接連幾天的冷戰，桑晨那個眼神，現在又這樣粗暴，各種導火線讓溫妤徹底爆發。她趴在蔣禹赫肩上，狠狠咬了下去。

男人只穿了一件襯衫，痛感隔著一層布料襲來，他皺了皺眉，打開房門，把人丟到床上。

接著扯開領口去看——跟頭蠻橫小野獸似的，竟然就咬了兩排齒印。

蔣禹赫深吸一口氣，看著床上的女人：「你到底要怎麼樣？」

「是你到底要怎麼樣！」

溫妤委屈極了，拿著手邊的枕頭就丟過去：「三天不跟我說話，也不回家，你想怎麼樣？你是不是要我走，如果是你就說，我不會賴著你！」

蔣禹赫躲開了枕頭，卻躲不開她一個又一個丟過來的東西。

他無奈上前抓住她的手，明明有很多話要說，忍耐又克制，最後到嘴邊也只輕嘆一句：「我沒有。」

剛剛還在發脾氣的小野獸卻因為這三個字安靜下來。

空氣中有隱隱的抽泣聲。

兩人緊緊對視，一個極盡耐心，一個梨花帶雨。

「那你想抽菸我也可以幫你點啊，為什麼要別人幫你，她幫就幫了，還瞪我，挑釁我，笑我被你趕出去了，你跟她一起欺負我，我好沒面子。」

說著說著，溫妤哭得更委屈了。

她這輩子沒這麼丟過人。

倒是蔣禹赫蹙著眉在心裡重複她的話——挑釁？瞪她？

片刻，他知道溫妤在說誰了。

這時溫妤的酒瘋已經進入了喃喃自語的平靜陳述期。

「我以後都不玩搖一搖了。」

「就算談戀愛也都先經過你同意還不行嗎。」

「不要不理我。」

「嗚嗚嗚，一個人的夜好黑，我害怕。」

蔣禹赫：「……」

這幾天拚命堆積出來的鐵石心腸，終究因為這幾句似真似假的話，接近瓦解邊緣。

他捏著溫妤手腕的地方，觸感逐漸發熱，發燙。

脈搏好像和自己的融為一體。

越跳越快。

喉頭不受控制地滾了兩下，蔣禹赫驀地鬆開她的手：「等你酒醒了再說。」

他逼自己轉身離開，可剛打開房門，後背就被什麼一下子撞了上來。

溫妤從後面抱住了他，像個任性的小孩，「不准你走，不准不准！」

蔣禹赫被她撞得踉蹌往前兩步，抬頭便聽到聲音——

「哎呀都快夜裡三點了你們倆又在吵什麼啊，吵吵吵還讓不讓我睡了我都五十多歲了你們就不能——」

十二姨披著外套剛走到溫妤門前，乍一看到走道裡這一對年輕男女的姿勢。

女的衣衫不整，男的也衣衫不整不說，肩膀上好像還被咬了。

饒是見慣各種大場面的十二姨也嚇了一跳，但也只是短暫的兩、三秒，人家馬上掉頭下樓。

彷彿無事發生，從沒來過。

蔣禹赫：「……」

身後像被一隻柔軟小貓黏住。爪子抓得緊緊的，就是不放。

明知道她是醉的，明知道不應該，明知道要克制。

明知道自己也許只是在一廂情願充當著這個荒謬可笑的角色。

有那麼多的明知道，但蔣禹赫還是妥協了。

似乎從認識她的那天開始，他就在妥協。

妥協她的到來，妥協她對自己的改變，妥協她的一切要求。

溫妤也不記得自己是什麼時候睡著的，但比過去都不同的是——昨晚的枕頭好軟，好暖，好舒服。

讓她安心地閉著眼睛，做了一夜的好夢。

第二天睡醒，溫妤睜開眼睛，腦子遲鈍了幾秒，忽然坐起來。

看看四周。

怎麼在家裡？

她不是和尤昕在酒吧喝酒的嗎？

她怎麼回來的？

尤昕呢？

溫妤手忙腳亂摸出手機，窩到被子裡打電話給尤昕：「我怎麼在家裡？你送我回來的嗎？」

尤昕：「我都不知道你住哪。」

「……」溫妤覺得自己涼了，連連摸頭冷靜：「你別跟我說是蔣禹赫。」

「除了他還有誰。」尤昕嘖了聲，「你不記得了？」

溫妤記得個屁啊，她昨天喝到斷片了，說過什麼做過什麼都不知道。

「完了，本來就冷戰幾天了，現在豈不是覺得我還會發酒瘋，更討厭我？」

「這些先放一邊。」尤昕說：「你昨晚幹了件驚天動地的大事，自己知道嗎？」

溫妤開始慌了，「不知道啊……不行尤昕我現在人都是懵的，我幹什麼了？」

剛說到這，十二姨敲門：「小魚，少爺叫你下來吃早餐。」

溫妤應了聲，趕緊掛電話，「我晚點再聯繫你。」

然後用最快的速度沖了個澡，去掉一身酒氣，頭髮都沒吹乾就滾下了樓。

蔣禹赫已經坐在餐桌前了，面容淡淡，看不出任何表情。

溫妤慢吞吞走過去，在他旁邊坐下：「……哥哥早。」

她頭快要垂到鎖骨裡，根本不敢抬頭去看他。

誰知男人卻抬頭睨了她：「醒了？」

溫妤愣住，茫然地嗯了聲。

「那吃飯。」很簡短的交流。

可即便只是幾個字，都好過前些天的毫無交流。

溫妤有些小竊喜，忐忑的心也慢慢放了些下來，一邊吃早餐一邊試圖去還原昨晚的事：「那個，謝謝哥哥昨晚送我回來。」

蔣禹赫啜了口咖啡，漫不經心：「嗯。」

又糾結片刻，「我沒發酒瘋吧？」

「沒有。」男人淡淡看著她，半晌：「只是告訴了我一句話而已。」

溫妤隱約覺得自己不會說什麼好話。

果然。

「你叫我別得意。」

「……」

「說你今天起來了就走。」

「……」

溫妤呆了。

她是怎麼說出這麼厲害的話的。

「不是，哥哥……我——」

溫妤還想為自己解釋兩句，可蔣禹赫吃完，不慌不忙地擦拭完畢，起身走到門口。

「我要去上班了，你還不走？」

「……」

溫妤沒想到喝了場酒，竟然喝到被趕出家門了。

但凡尤昕給她幾個花生米也不至於這樣啊。

算了，溫妤在心裡給自己做心裡建設。

其實幾天前這個男人不理自己的時候就已經有這個打算了吧。

現在不過是借自己喝多了的嘴說出來而已。

罷了，強摘的瓜不甜，強演的兄妹不長久。

溫妤認命地站起來：「那我上去收拾一下東西。」

「不必了。」蔣禹赫聲音還是很淡：「把你隨身的包包帶著就行了。」

「……」

也是，這個房子裡自己擁有的一切都是他給的，她收拾什麼？

「嗯。」溫妤點頭：「那好吧。」

她站起來，拎上自己的包包，老老實實跟著蔣禹赫出門，上車。

「那，你是要送我去火車站還是公車站，地鐵站也行。」

「你想去哪。」

「隨便吧……」溫妤突然傷感，「我就是隨風飄落的無根浮萍，你把我送到哪裡，我就在那留下來。」

蔣禹赫轉過去，嘴角不易察覺地扯了扯。

二十分鐘後，車停下。

「下車。」

溫妤頭一抬。

？？？

怎麼是亞盛娛樂的辦公大樓？

「哥——」

話還沒問全，男人整理好筆挺的西裝，下車後面朝她：「吵著要來上班，上了三、四天就曠工，從今天開始，一天都不准請假，我上到幾點，你上到幾點。」

「……」

溫妤緩了好幾秒，等明白過來的時候，蔣禹赫和一群人已經進了公司大門。

她顧不得那麼多人在場，更忍不住心中的歡喜和雀躍，衝上去撥開人群到蔣禹赫身邊，輕輕挽住他的手臂，「哥哥你原諒我了？」

蔣禹赫面視前方：「我說過在公司別叫我哥哥，別跟我撒嬌。」

但這時候的溫妤根本不在乎這些了，她從沒有這樣開心過，那種內心被巨大喜悅填滿的快樂，她真的從沒有感受到過。

手臂拽得更緊，聲音卻是乖乖地壓低了些：「我不管，我就要叫，哥哥，哥哥，哥哥哥哥！」

蔣禹赫雖然人在走著，臉上也還是一貫冷淡表情，但只有他自己知道唇角在悄悄蔓延開的坦然和放鬆。

沒有見面的那幾天，

他的煎熬只勝過溫妤。

就這樣留在身邊吧。

就算只是哥哥，他或許……也可以。

上班時間，兩人在公司櫃檯來了這麼一齣，整個亞盛上下各大八卦群又炸了。

【臥槽昨天是誰給的假料說辦公室娘娘失寵了的？這他媽已經開始公然秀起來了！】

【我在亞盛上班三年，第一次看到老闆讓一個女的在他身邊挽著他，有生之年！】

【而且還很淡定，一點沒躲不說還很寵的樣子。】

【我之前押桑娘娘的，難道輸了？桑晨怎麼回事？這不是才上位，怎麼就不行了？桑晨挺起來啊！】

【這個辦公室娘娘到底什麼來頭啊？】

【的確很神祕，可能只有老闆身邊最親近的人知道了。】

上次得知群裡討論這個神祕女人的時候，桑晨就偷偷申請了一個小帳，讓工作人員把她也拉到了群裡。

現在看著這些鋪天蓋地的議論，她心情複雜地咬了咬唇。

不知是不甘還是嫉妒，總之有種強烈的情緒驅使著她。

想要去看個清楚，看個明白。

自己到底輸在了哪裡。

開開心心地進辦公室後，溫妤正準備跟以前一樣坐在沙發上，蔣禹赫卻喊她：「過來。」

溫妤：？

只見男人抽了把椅子放到自己旁邊，然後拍拍桌面：「坐這。」

溫妤：「啊？」

跟總裁同桌？

黃金工作站啊這是。

溫妤有些懵地走過去，剛坐下，甯祕書走進來，將兩份文件放在蔣禹赫面前：「蔣總，這是您要的文件。」

蔣禹赫點頭，而後將文件遞給了溫妤。

「今年被亞盛收購的巨星傳媒曾經做過的兩例失敗的投資案，你看一看，分析一下失敗的原因。」

溫妤垂眸打開，有些措手不及：「可我不懂娛樂圈的這些。」

「我會教你。」

「……」

蔣禹赫看過來，目光清冽卻柔和，「不懂的地方問我。」

這短短兩句話，莫名在溫妤心裡注入了溫暖又強大的力量。

溫妤畢業的時候就沒想過要做衣來伸手飯來張口的大小姐，她也考察過很多專案，也曾有過很多理想抱負，只是還沒等到她施展的那天，家裡就一連串地出了那麼多事。

如同那瓶被珍藏起來的香水，磕磕絆絆走到今天，溫妤也早就藏起了過去那個熱忱的自己。

但現在，那個曾經把自己從灰暗盡頭拉出來的人，給了自己第二次溫暖的人，又要手把手地教她，把她帶到曾經理想的那個世界，幫她成為曾經想要成為的人。

他是哥哥，也是良師。

溫妤張了張唇，忽然有些說不出的動容和感動：「……謝謝哥哥。」

蔣禹赫伸手，輕輕在她頭頂揉了揉，沒再說話。

陽光透過落地窗灑在兩人身上，溫柔並排的兩個身影，沉默安靜，卻又無限美好。

這樣一個早上，是溫妤車禍後感到最安穩的時光，甚至某一刻她抬頭偷偷看著蔣禹赫時，會在心裡想——如果沈銘嘉對自己造成了九十九分的傷害，也要感謝他，最後那一分，讓她遇到了蔣禹赫。

溫妤輕輕地抿著唇。

蔣禹赫間隙轉頭望她：「我要你看文件，你一會就看看我，什麼意思。」

……還以為他在專心工作沒看到。

好像上課晃神被老師抓到的小學生，溫妤找藉口，「有些話太複雜，我看不懂嘛。」

「哪裡。」

蔣禹赫很自然地滑動座椅靠過來。

他身上有陽光草木香的味道，靠過來的時候整個身影遮住了溫妤面前的光。

沉沉的，卻又很有安全感。

溫妤是隨口說的，沒想到他就過來了。

忙隨便指了一處，「這裡。」

蔣禹赫微微傾身，「專案招商收入不及預期，在已經虧損兩個億的基礎上依然大資金投入自製劇，宣傳期跟進不及時……」

他聲音很輕，說話時口中會傳來淡淡的，菸草揉雜男性荷爾蒙的味道。

以至於好幾次，溫妤都沉溺在這種味道裡走了神。

「懂了沒有。」清朗的聲音再次傳來。

溫妤驀地坐直，顯然是個沒聽講的學渣，但還很努力裝學霸，「懂了。」

「懂了？」

「嗯。」

蔣禹赫看著她，瞇了瞇眼，身體後仰，「那你再重複一遍，我剛剛說的回報率是什麼意思。」

溫妤頓了幾秒，「又忘了。」

「……」

蔣禹赫無語，伸手戳她的額，「你上過大學沒有，這點東西都聽不懂。」

雖然被嘲笑了，溫妤卻沒生氣，甚至——被戳的那一下還很開心。

嗯，她揉了揉額頭，又在心底確定了下那種感覺，就是莫名的開心。

溫妤抿著唇，從包包裡拿出之前買的沒吃完的小零食，撕開一顆話梅遞給蔣禹赫，「哪有你這麼兇的老師，吃顆話梅再講一遍嘛。」

她剛說完，甯祕書忽然敲門進來：「老闆，桑晨找您有事。」

桑晨？

溫妤想起來了。

在包廂裡為蔣禹赫點菸挑釁她的女人。

她後來在網路上搜過這個女明星的資料，八卦傳聞有很多，其中傳得最厲害的便是她是蔣禹赫的新寵、力捧對象等等。

那個眼神溫妤沒忘記，想起來心裡也還是會難受，但現在她和蔣禹赫關係才轉好，那些事便都不想提了。捏著話梅的手自覺悄悄收了回去。

蔣禹赫看到了她這個動作，但沒說話。

他點頭，「進來。」

甯祕書側身，桑晨已經站在了身後。

她身材很好，五官精緻立體，有種異域的風情美。的確是吃女明星這口飯的。

也的確……是男人喜歡的類型。

「蔣總。」桑晨走進來，「打擾您工作了嗎。」

說這話的時候，桑晨的視線已然微微落在了溫妤身上。

溫妤也抬頭看著她。

不卑不亢，平靜對視。

眼神只碰撞了一秒，桑晨就知道自己比不過了。

說來好笑，連她自己都不知道是什麼原因，就那麼落荒避開了她的目光。

「有什麼事。」蔣禹赫淡淡問。

儘管那種不甘在見到溫妤後瞬間被放大了無數倍，在心尖撕咬翻滾著意難平，桑晨還是將一切情緒全部壓下：「蔣總，沈銘嘉昨晚被人爆出黑料，您確定還要讓他和我演對手戲嗎？我怕會對《尋龍》的口碑有影響。」

溫妤心頭一愣，沈銘嘉？

被人爆料了？

好事啊！

是哪位好心人，她得做面錦旗送過去。

聽了桑晨的話蔣禹赫並沒有表現出很大的反應。

「知道了，我會處理。」

說完反倒問起溫妤：「你剛剛要給我的東西呢。」

溫妤一愣，「啊？」

她一臉懵地看向蔣禹赫，男人卻垂眸朝她手心暗示了下。

溫妤頓然，是話梅？

不會吧，還有人在呢。

「拿來。」蔣禹赫竟催了起來。

溫妤有些尷尬，看了眼桑晨，再看看蔣禹赫，頓了幾秒，乖乖把手裡的話梅遞出去。

本來沒想要餵的，可伸出去的手不知道怎麼回事就自然地拐到了男人嘴前。

而他竟難得配合地張嘴吃了。

溫妤：「……」

男人淡淡嘗了一口，嗯了聲，「有點酸。」

「不如上次的草莓乾。」

他的口吻，讓人聽出一種溫妤經常餵他吃東西的親暱感覺。

寬敞的辦公室彷彿他們的私人空間，其他任何人的存在都成了多餘和打擾。

見桑晨站著不動，蔣禹赫忽然轉過去看她：「還有事？」

桑晨親眼目睹了這兩人的互動，怔到說不出話，「沒，沒了。」

蔣禹赫便朝大門抬了抬下巴。

桑晨懂他這個動作是什麼意思。

甚至，他剛剛做的這一切是什麼意思，她都懂。

他眼裡淡薄寒涼，是在警告她那晚的越界和心機。

也是在明示她，身邊這個女人的不可侵犯。

桑晨終於明白為什麼自己會有那種比不過的直覺。

是一種底氣。

蔣禹赫給的底氣。

而她沒有，一分都沒有。

清醒看透了這一點，桑晨低著頭，慌促又難堪地離開了辦公室。

溫妤知道那晚桑晨是故意點菸給自己看的，所以這時看著她當著自己的面被冷淡地請出了辦公室，心裡還是挺爽的。

只是嘴上又忍不住茶了起來。眨眨眼：「哥哥，這個姐姐看起來好像有點不開心。」

蔣禹赫睨她，有些無語。

那晚哭著說桑晨欺負她，說別人瞪她，現在總算悄悄幫她把氣出回來了，這女人竟得了便宜還賣乖。

本想說說她拙劣的演技，頓了頓，還是決定不揭穿她：「你怎麼知道人家不開心？」

溫妤：「網路上說你喜歡大長腿，說你喜歡這個姐姐所以才捧她，她看到我跟你在一起，會不會誤會了呀？」

蔣禹赫：「……」

視線不自覺地向下，落在溫妤的雙腿上。

桑晨的太細了，細到只適合上鏡，只適合出現在雜誌和鏡頭裡。

而溫妤的同樣修長，卻很有美感，完美融合在骨感和肉感之間，筆直飽滿，骨肉勻停。

讓人看了就——

光天化日，猛地意識到自己在想什麼，蔣禹赫閉了閉眼。

你他媽在想什麼？

人家把你當哥哥，你在想什麼！？

蔣禹赫默不作聲地灌了好幾口水，又鬆了鬆領帶，通知甯祕書：「叫吳總監馬上過來一趟。」

他要工作。

他要馬上投入工作。

「哥哥你沒事吧？」溫妤不知道是不是自己茶過頭引起哥哥不適，還是真的說中了什麼，想了會，睜大眼睛反應過來：「你真的喜歡她？」

蔣禹赫平靜了好幾秒，才回答她：「我喜歡誰是我的事，小孩少管。」

溫妤：？

你也就比我大四歲，我怎麼就成小孩了。

溫妤嘀嘀咕咕轉過去，沒一會，藝人部吳總監趕過來了。

上次他也一起去了江城，所以對溫妤出現在辦公室沒有多大的驚訝，他對溫妤點了點頭算是招呼，而後坐下：「老闆我也正想找您。」

蔣禹赫：「沈銘嘉那邊怎麼回事。」

吳總監打開隨身的平板電腦遞給蔣禹赫：「今天淩晨一點左右，一個ＩＤ在微博暗示了一些沈銘嘉的黑料，大概就是有香港腳、劈腿之類的，目前不清楚是黑粉還是爆料，早上八點沈銘嘉經紀公司已經發了聲明，當事博主暫未有任何回應。」

溫妤：「……？」

等會。

香港腳這個詞怎麼那麼像自己說話的習慣。

溫妤忽然想起尤昕跟自己說的話，一個驚顫，好像明白了什麼似的，趁蔣禹赫不注意，偷偷打開自己的微博小帳。

入眼便是驚人的五萬多則評論和轉發。

溫妤後背一涼，感覺大事不妙。

果然——

【姑娘們醒醒，哪裡有什麼臉紅小憨憨，有的只是劈腿又撩粉的渣男罷了。不過還是感謝沈明星的一雙香港腳治好了我多年的老鼻炎。】

配圖是一張捏著鼻子翻白眼的表情符號。

溫妤：「……」

！！！

她什麼時候發的？

天哪她喝醉了這麼瘋狂的嗎？

溫妤頓時有些手忙腳亂，趕緊關上手機，生怕身邊的蔣禹赫看到。

吳總監繼續說：「我們需要干涉嗎，事情再發酵的話，我怕會出現求錘得錘的情況，那到時候可能不太好收場，直接影響我們的簽約。」

溫妤沒想到自己隨便發的一則醉話也引起這麼大的轟動，果然是連老天都看不下去渣男的所作所為了嗎。

不過酒後吐真言，豪邁了一把也不後悔，起碼這下全網路都知道沈銘嘉腳臭了。

溫妤靜靜等著蔣禹赫的回覆。

那人將平板電腦拿在手裡看了兩眼，輕笑一聲：「這個時間，這種語氣，一看就是喝醉了發的。」

溫妤不禁心虛了一秒，把頭埋低。

這都能看出來，太厲害了吧，真是老娛樂狗了。

蔣禹赫搖搖頭，把平板丟到一邊不再看：「這個人我起初就不看好，就算這次拉回來了，下次還是會出事，太不自量力。」

「那簽約……？」

蔣禹赫思考了很久，才道：「他是文俊龍引薦的，除非口碑跌到不可挽回，否則我們還是要酌量考慮文導的面子，畢竟這背後的關係千絲萬縷。」

頓了頓：「先讓公關部試著干涉一下，儘快把事壓下去，看能不能處理乾淨再說。」

「好。」吳總監說完離開。

溫妤眼睛都聽直了：「？？？」

我好不容易把他推到熱搜，你給我撤下去？

意識到身邊人的眼光不太對，蔣禹赫轉過來，「你看什麼。」

溫妤沒說話，在心裡咬牙切齒了很久才擠了個笑：「沒什麼，就是不明白，如果這個人真是假人設渣男，為什麼不把他的所作所為公佈出來，讓大家知道？」

蔣禹赫不屑輕笑，只回了八個字：「我是商人，不是法官。」

溫妤無言：「……你好沒同情心。」

「我的確沒有。」男人聲音有些冷漠，頓了頓，闔上手裡的文件，轉身望著她：「到目前為止，人生裡唯一的一次同情心。」

四目對視。

良久，他淡淡：「給了你。」

「……」

這句話對溫妤彷彿致命一擊。

剛剛還聚集在心頭的那些不理解也頃刻煙消雲散。

是啊，他給了自己那麼多，她為什麼還要這麼苛刻。

他什麼都不知道，一直被蒙在鼓裡。

站在他的立場，利益至上，沒什麼錯。

溫妤內心又矛盾地劃過對蔣禹赫的愧疚。

她抬頭，正想說點什麼，忽然看到蔣禹赫不經意地舒緩了下肩。

「哥哥你是累了嗎？」

她馬上站起來走到蔣禹赫身後：「我幫你按一下吧。」

蔣禹赫還沒來得及開口說不，溫妤手已經搭到了他肩上，說輕不輕，說重也不重地捏了下來。

剛好捏到昨天被她咬的地方。

蔣禹赫皺了皺眉，肩頭一陣疼，身體下意識避開。

溫妤也察覺到了，「怎麼了？你疼嗎？我太用力了嗎？」

溫妤很緊張地靠過來想要幫蔣禹赫揉一揉，卻被他推開。

「沒事。」

他起身：「我去下洗手間。」

溫妤：「……」

洗手間裡，蔣禹赫趴在洗手檯前良久，才將心裡那陣悸動平靜下來。

他抬頭看鏡子裡的自己，半晌，輕輕拉開襯衫一角。

昨天被她抱住不肯走，他便妥協陪著她，哄她入睡，可要走的時候她卻拽住自己的手臂不鬆手。

他的底線一再跌破，竟就讓她躺在自己手臂上睡了一夜，早上起來半邊手臂麻了很久才恢復。

鏡子裡，肩頭被溫妤咬過的齒痕還在，深紅色，像火熱烙印在心裡的標誌。

她一碰，便心火燎原，無法控制。

閉著眼正平靜著，口袋裡的手機忽然響了。

是一個陌生的座機號碼。

蔣禹赫並未多想，一邊繫好襯衫一邊接起來：「喂。」

「您好，是蔣先生嗎？我這裡是京市花田區交警大隊，一個半月前您的車發生了一次交通意外，當時處理的後續好像是您接手了受傷的被撞人，請問現在她還和您一起嗎？」

沉默幾秒，蔣禹赫嗯了聲：「在。」

「那太好了。」來電說：「事故當晚我們工作人員在勘察現場時發現了遺留的失物。在這裡先跟您說一聲抱歉，當時負責管理這起事故的交警工作出錯，將失物混亂分到了另外一宗事故的資料箱裡，今天整理才發現了這個錯誤。因此想問您什麼時候有空過來一趟，把失物取回。」

蔣禹赫蹙了蹙眉，下意識關上了洗手間的門，將溫妤徹底隔離在外。

「是什麼東西。」

在聽到電話裡傳來的聲音後，所有投射在辦公室內的陽光忽然間就好像被切割成了兩半。

如同現在蔣禹赫和溫妤的位置。

一個在裡，一個在外。

慢慢被拉開，拉遠。

拉回車禍的那個晚上，拉回他們過去毫無交叉的兩個世界。

電話那頭平靜地告訴蔣禹赫——

「是被撞人的手機。」

第七章　離開，還是留下

蔣禹赫去洗手間的時候，溫妤趁機打開微博，快速瀏覽評論和私訊。

娛樂圈的風氣她以前聽尤昕說過一點，如今算是實實在在地感受到了那種腥風血雨。

上萬則評論和私訊幾乎都是在罵她。

有要人肉她的，有要她拿實鎚證據的，也有吃瓜看熱鬧的。

最好笑的是，溫妤看到早上八點沈銘嘉經紀公司發的聲明是這樣寫的——

「針對網友的不實言論，保留追究的權利。」

追究？

追究什麼？

他還有臉追究？

這人怕是嫌自己還不夠紅，迫不及待想跳起來給自己兩鎚子。

溫妤怎麼說也是曾經的江城首富之女，破產了就被他一腳踹開，這種事不到萬不得已誰都不願意上臺撕破臉，但如果沈銘嘉不要這個臉，她溫妤當然更不怕。

溫妤翻了會私訊，本來不打算再看下去，可一則私訊引起了她的注意。

【你好姐妹，你也是被沈銘嘉劈過腿的？我是他的粉絲，去年三月跟他在一起，後來六月發現他和ＸＸ在一起，他太渣了，佩服你發聲的勇氣，但我不敢出來撕，如果需要請幫我馬賽克，祝你好運，也希望渣男早點 flop。】

這個ＩＤ傳來的聊天紀錄和照片把溫妤直接看傻了。

去年三月？那時候她才剛跟沈銘嘉在一起兩個月！

本以為自己是被那個叫方盈的劈腿，沒想到那女的都不知道是小四還是小五了。

溫妤氣得馬上把截圖轉傳給尤昕：【別的網友傳給我的，你能想到他這麼渣？】

尤昕：【好傢伙，我直呼好傢伙，現在怎麼辦？事情鬧大了，他們公司都發聲明了，說你造謠呢。】

就這還有臉出來反擊。

溫妤被激怒了，當即打碼了那個網友的私訊和照片甩到微博上回應經紀公司的聲明：

@www：【這麼急著闢謠，不怕打臉的時候滑跪姿勢難看嗎？】

蔣禹赫從洗手間裡出來的時候，看到溫妤低著頭在手機上按著什麼，好像是在跟誰聊天。

彷彿又搖了第二個矮個子男人出來。

本想上前去問，但想了又想，他還是咽下了那些話。

既然已經給自己擺正了立場，就不要再去過問她的私生活。

她是成年人，有權利交朋友，有自己的社交自由。

蔣禹赫斂眉，裝作什麼都沒看到的樣子走出來，果然，溫妤忙收起了手機。

他心裡莫名一刺，但還是隻字未提。

「中午想吃什麼？」

溫妤看了眼窗外，眨眨眼，「你想吃火鍋嗎哥哥？」

蔣禹赫：？

大中午的吃火鍋？

不知道是不是公開跟渣男叫陣，溫妤現在各種心潮澎湃，很想來頓火鍋助助興。

「你是不是不喜歡那種地方？」溫妤看出蔣禹赫眼中的遲疑，「要不就公司附近——」

「你想去吃就去，我無所謂。」

「好。」溫妤興奮點頭，「那我現在就去訂位置！」

她看起來很開心，就跟現在外面的天氣一樣，單純，乾淨，美好。

但蔣禹赫的心卻不再純粹了。

交警隊的這一通電話，已經在無形中為他套上了未知的枷鎖。

&

公司附近就有一家新開的高級火鍋店，環境好，離得近，溫妤愉快地在那邊訂了一個包廂。

兩人沒開車，直接步行過去，大概是中午的原因，店裡人不多，溫妤和蔣禹赫相對而坐。

「哥哥，我們吃什麼湯底？」

「隨你。」

「這樣啊，那就番茄鍋好了，我怕辣。」溫妤拿著iPad點菜，「那哥哥你吃什麼菜？他們這裡招牌是水晶蝦皇，要不要？」

半天沒等到回覆，溫妤抬頭，卻發現蔣禹赫在看著她。

「？」她伸手在他面前劃了劃，「你看什麼？」

蔣禹赫回了神，收回視線，淡道：「隨便，你點就行了，我出去抽根菸。」

溫妤皺皺眉，總覺得蔣禹赫不太對勁。

她便隨手點了幾個菜，把 iPad 交給服務生後，座位上就剩她一個人。

等得無聊，又偷偷拿出手機看了眼。

剛剛發的那則微博大概是帶了鎚的原因，這時已經被各大行銷帳號轉發，沈銘嘉的熱搜一下子冒出了好幾個。

溫妤看得出沈銘嘉急了。

因為她收到了一條自稱是沈銘嘉經紀公司工作人員的私訊，語氣分外禮貌，希望與她見面溝通。

溫妤終於感受到了一絲虐渣的快感，翹了翹唇，回了句免談後直接封鎖。

關上手機，蔣禹赫也回來了。

溫妤起身繞過桌子坐到他身邊，關心地問：「哥哥你怎麼了？上午還好好的，怎麼現在看起來不太開心？」

「有嗎。」蔣禹赫側眸，視線落在溫妤臉上。

她在很認真地看自己，神色甚至還有點嚴肅，似乎對自己很在乎。

只是不知道，這樣正經中又有幾分嬌憨可愛的樣子，他還能留住多久。

拿回那支手機代表著什麼，蔣禹赫很清楚。

之前扮兄妹情深就是希望溫妤早點恢復記憶，想起自己的家人，早點離開蔣家，還自己自由。

可走到現在，蔣禹赫卻成了被自己計畫反噬的那個人。

他反悔了。

溫妤不明所以，還在問：「你到底怎麼了啊？」

蔣禹赫搖頭，「沒事，昨晚沒休息好。」

蔣禹赫這個人心思極其縝密深沉，一般人拿捏不到他在想些什麼，溫妤沉默了會，乾脆拿出手機，試圖調動他的興致：「哥哥，要不我們拍張照吧，我們好像還從來沒有合照過。」

蔣禹赫微微怔了下。

不明白溫妤突然這麼做的意義。

是上天在暗示什麼？

臨別前的紀念？

不等他反應，溫妤已經打開前置鏡頭，手機舉到空中面朝彼此：「哥哥看這裡。」

她話音剛落，過道裡傳來服務生俐落的聲音，「讓一讓哦，上湯底了！」

溫妤坐在外側，因為自拍拿著手機的緣故，這時手肘還橫在外面。

火鍋的湯底都是燒開的熱湯，蔣禹赫餘光看到服務生靠近，幾乎是條件反射地伸手將溫妤攬到了懷裡。

溫妤也在那一刻按了拍攝。

照片定格。

溫妤：「……」

蔣禹赫：「……」

猝不及防被摟到懷裡，溫妤原本嬌意的笑容裡多了幾分愕然。

鏡頭就這樣記錄下了這一刻。

空氣好像停止了流動，周遭的聲音也瞬間消失般安靜下來。

溫妤還沒回神，整個人被蔣禹赫摟在懷裡，臉輕貼在他的襯衫上，聞著他身上香氛混合菸草的味道，竟恍惚了幾秒。

莫名地，貼著他胸膛的那邊臉紅了。

很熱，熱得心跳也跟著加速起來。

意識到自己不正常的反應，溫妤驀地抽離開，撥了撥頭髮，想說點什麼，又不知道能說什麼。

她有一點尷尬。還有點不知所措。

只好裝作低頭看照片。

蔣禹赫看出了她表情中的不自然，後悔自己衝動伸出來的手，頓了頓，冷冷道：「拍個照手舞足蹈的，被湯底燙到了都活該。」

噢，原來是這樣。

是怕自己被燙到才把她攬過去……

溫妤莫名鬆了口氣，小聲道：「謝謝哥哥。」

後來的飯兩人吃得特別安靜，溫妤也不再嘰嘰喳喳說話，蔣禹赫本就不愛吃這些，更是沒怎麼動口。

溫妤一直低著頭，沸騰的湯底就像她此刻的心一樣，滾燙灼人。

從被蔣禹赫摟到懷裡那刻起，心裡那股竄出來的悸動到現在都沒停過。

她不敢把自己的異樣表現出來，只能一直埋頭吃菜。

下午回到辦公室，蔣禹赫有會要開，辦公室就溫妤一個人，她平靜下來，反覆回憶在火鍋店裡的那個瞬間。

那一個突然又意外，讓她臉紅心跳的擁抱。

想到亂成一團，溫妤揉了揉頭罵自己：「有病吧，人家就是怕你被經過的湯底碰到而已，胡思亂想什麼呢。」

強行把這個畫面從腦子裡刪除，溫妤定了定心，上微博又看了一圈。

應該是公關出手了的原因，沈銘嘉的熱搜壓到只剩了一個。

而他本人也發了微博，真誠道歉是自己現實中的感情糾紛沒有處理好，佔用公共資源。

這篇公關文非常有水準，和早上那則聲明根本不是同個等級。

溫妤猜測應該是亞盛的人幫忙接手了這個爛攤子。

下面的評論則是兩極化，有讓沈銘嘉從此謹慎做人依然支持的，也有失望脫粉的。

事情猶如一場鬧劇，開始得突然，結束得也突然。

溫妤早就知道這次有亞盛干涉，她一定不能把沈銘嘉徹底搞垮，但至少現在也讓他元氣傷了一半。

歪打正著都能有這個結果，她已經滿足。

溫妤也算出了一口氣，登出後正準備關了手機，卻不小心點到了相簿。

中午和蔣禹赫的合照跳了出來。

這個時候再看，其實也很自然。

就是兩人靠在一起拍了張照而已。

不知道當時自己臉紅心跳什麼。

溫好打開美顏APP，為兩人的合照加了些可愛的貼紙。

她的頭上：【sister】

蔣禹赫的頭上：【brother】

中間加了顆超大的愛心。

溫好一點沒覺得哪裡不對，當即保存成了手機背景桌布，還非常滿意地傳給了蔣禹赫。

【哥哥你看這樣好不好看？】

彼時，蔣禹赫人已經到了交警大隊。

交警把用收納袋裝好的手機遞給了他：「聽說那姑娘被撞失憶了？現在好了嗎？」

蔣禹赫：「沒有。」

「那真是辛苦你照顧了，像你這樣有公德心和良心的肇事方真是不多了。」寒暄兩句，交警笑著離開。

蔣禹赫看著手裡的袋子，眸色始終是暗沉的。

他沒回公司，直接回了家，上了二樓書房，鎖上門，關閉所有窗簾。

整個房間恍如寂靜黑夜。

手機就在桌上。

除了螢幕有幾道裂痕，幾乎沒有任何損壞。

蔣禹赫點了根菸，深吸一口。

吐出的煙模糊了手機輪廓，可等一切散去，它依然真實地躺在那裡。

等著蔣禹赫的選擇。

手輕撐著額角，煙在指縫中流淌，蔣禹赫眉頭緊蹙。

他在思考，在權衡，在計算。

好像潘朵拉的盒子，打開是驚喜還是痛苦，誰也不知道。

菸快燒到盡頭的時候，蔣禹赫終於伸出手。

他按下了開機鍵。

幾秒後，螢幕轉亮。

需要輸入密碼。

蔣禹赫並不知道密碼。

但他猜測——人就算失憶了，潛意識裡的習慣不會變。

比如溫妤先奇數後偶數的特殊排列組合。

他緩緩的，依次輸入一三五七二四六。

六剛剛輸完，螢幕迅速解鎖，跳轉至背景。

是一張溫妤的照片。

蔣禹赫能感受到自己心跳漏了一拍，又劇烈沉重地跳起來。

這是溫妤的世界，是她已經忘記了的那個世界。

只要自己一通電話把她叫回來，她可以馬上回到過去。

但這個結果，是自己想要的嗎。

蔣禹赫不確定。

他手指反覆在螢幕上摩挲著，深知現在自己的每一個決定都至關重要。

許久，他才打開了微信。

微信有許多的未讀訊息，一眼看去幾乎都是【你去哪了？】、【你在哪裡？】、【你沒事吧？】這類的話。

符合一個失蹤了一個多月的人的微信。

蔣禹赫無心去偷看她與別人的聊天內容，所以直接忽略過去，點開了朋友圈。

他只想知道車禍那天溫妤在幹什麼，有沒有留下什麼紀錄。

他想先自私地去偷窺一下她的世界。

溫妤朋友圈發得不多，她雖然有錢，但也不喜歡像趙文靜那樣時不時凡爾賽炫耀。

就算發，也是偶爾吃到什麼好吃的，或者看了什麼有趣的電影。

很巧，她第一則內容就是車禍前一天發的。

不過設置了只限本人可見。

【遠距小半年終於要見面啦，剛剛拿到了給他的禮物，希望他到時會喜歡。】

配圖是一個高奢牌子的包裝袋。

他？

遠距？

蔣禹赫好像明白了什麼，莫名如當頭一棒。

他倉皇關掉了微信。

閉著眼，陷入這場註定無法理智的抉擇中。

還原這則發文可以看出，溫妤現實中早有男朋友，她在為他買完禮物後遇到了自己，遇到了車禍。

然後忘記了一切，包括男朋友。

手機通訊錄裡第一個聯絡人就是【爸爸】。

也就是說，只要蔣禹赫現在撥通這個號碼，溫妤就可以馬上回到她的世界。

回到那個男人身邊。

手機握在手裡，蔣禹赫一直沉默著，漆黑的眸裡看不出任何情緒，只有深深的，欲望和理智的糾纏。

溫妤送給自己的那個小男生泥人就擺在桌上的置物盒裡。

還有她下午傳來的，他們的第一張合照。

一分一秒，煎熬思量。

不知過去了多久。

靜謐到可以聽到針落地的書房裡，蔣禹赫手輕輕一抬。

手機螢幕被翻轉過去，蓋向了桌面。

他冷漠地看著這個黑色的失物，最終按了關機。

而後打開辦公桌左側上鎖的抽屜。

咚一聲——手機被丟進了抽屜深處。

這一刻，它已經被蔣禹赫決定了命運。

重新鎖好抽屜的時候，蔣禹赫面無表情，平靜到好像從未看到過剛剛那些真相。

剛收拾好這一切，溫妤回來了，她在書房外敲門，接著就自己開門走進來。

「哥哥你怎麼回事，不是說好了你下班我下班嘛，怎麼自己先偷偷跑回來了？」

溫妤絲毫沒發現蔣禹赫的不對，只是掩了掩鼻子，「你抽了很多菸嗎。」

她去開空調，又幫蔣禹赫倒水，跟平時一樣嘰嘰喳喳地說著今天在公司又看了多少文件，學到了多少東西。

而蔣禹赫看著她毫不知情的背影，思緒又不受控制地跳回了剛才那則發文上。

她買給他的是什麼禮物？

她看起來好像很愛他。

他應該也是吧。

他一定抱過她，吻過她。

甚至——蔣禹赫在想，他們做過嗎。

明明在腦中只是一個毫無具象的人，蔣禹赫都不知道這個男人長什麼樣，從事什麼工作。

可這一刻，他內心卻充滿了難以想像的嫉妒。

這種感覺好像一把無形的手在勒住他，每想一次，便被摧殘得無法呼吸。

蔣禹赫解開了領帶。

又喝了杯水。

頓了頓。

「魚魚。」

他聲音有些沙，比平時低了很多。

正在書架前找書的溫妤一愣，轉過身。

她沒說話，就那樣看著蔣禹赫。

似乎是有些不敢相信自己聽到的。

他們相處了這麼久，蔣禹赫從沒叫過她為自己取的這個名字。

他總是直接開口，不耐煩的時候就是「喂」。

但剛剛？

溫妤捧著書，怔怔看著蔣禹赫，感覺到他好像有話要對自己說。

男人靠在椅背上，和她對視了幾秒，忽然淡淡道：「以前的事如果想不起來就別想了。」

當自私和貪婪突破第一道底線時，蔣禹赫就知道，在他的字典裡，已經只剩霸佔，沒有成全。

「哥哥可以養你一輩子。」他說。

溫妤愣在那。

一輩子，好漫長的承諾。

蔣禹赫並不是那種張口就來的人，溫妤不知道發生了什麼讓他說這樣的話，但無論如何，她很感動。

至少活了二十二年，除了溫易安對自己說過這樣的話，他是第二個。

過去溫妤只想做一個沒有感情的報復機器，抱住蔣禹赫這個大腿虐一虐沈銘嘉，就當是他撞到自己的精神補償。

可如今與這個男人日漸相處後，溫妤的初心早已沒有那麼強烈。

很多時候，她開始習慣每天跟著蔣禹赫去上班，在他身邊看資料文件，幫他泡咖啡，下班路上，蔣禹赫會因為她的撒嬌而去幫她買一杯飲料。

這種生活平淡又美好，美好到讓溫妤有時不安。

如果有一天蔣禹赫知道了真相，還會是現在這樣的態度對她嗎？

溫妤不知道。

也不敢去想。

如果真有那麼一天，溫妤寧願永遠不要讓他知道這卑劣的真相，自己悄悄離開就好了。

就當從沒有來過京市，沒有來過他的世界。

沈銘嘉事件雖然不聲不響地被壓了下去，但溫妤聽尤昕說，他在圈子裡口碑還是崩了不少，有幾個談好的代言也打了水漂。

現在他的公司正在到處找資源、找關係，試圖挽回形象。

溫妤沒有放鬆對他的監視，暗中蟄伏等著下一次的機會。

她每天都跟著蔣禹赫去公司上班，這個男人好像有用不完的精力，除了自己手頭的工作，每天還會花兩小時幫她上課，教她娛樂圈的各種投資規則和技巧。

就算是去開會或者應酬了，他也會像老師似的，給溫妤安排一個方案或者計畫書去寫。

而最近的任務，是兩天內看完《尋龍檔案》的劇本，並熟悉記住每個角色的特點和劇情。

溫妤起初不知道他這麼做的原因，直到這天，蔣禹赫讓她準備一下，跟自己去看看演員選拔計畫的複試。

溫妤這才反應過來——今天是尤昕複試的日子。

「紙上談兵了這麼久，今天也去實踐一下，看看你有沒有吃這口飯的本事。」

溫妤屁顛跟在他身後：「這算不算考試啊哥哥？」

蔣禹赫已經習慣她在公司叫自己哥哥了，也懶得去糾正，故作嚴肅回她：「考不好明天就別來了。」

溫妤哼了聲，隨口回了句：「你捨得甩掉我這個尾巴？」

蔣禹赫：「……」

好像突然就被誰戳到了心裡似的。

他喉結動了動，聲音很淡：「你就知道我捨不得？」

溫妤根本沒聽出蔣禹赫話裡的感情，還以為他是傲嬌毛病又犯了，拍了拍他的肩：「好啦好啦，不是你捨不得我，是我捨不得你行了吧！」

蔣禹赫：「……」

複試在亞盛總部十樓的影音廳進行，從江城選拔來的二十位優秀演員裡選擇兩位簽約亞盛，並且可以直接拿到《尋龍檔案》的角色。

蔣禹赫帶溫妤入場的時候，廳裡已經坐滿了人。

工作人員看到蔣禹赫過來都愣了下，紛紛起身頷首，「蔣總。」

因為選三、四號角色這樣的小事根本用不著蔣禹赫親自來，甚至連導演文俊龍都沒過來，來複試的是劇組的副導。

誰知老闆竟然親臨現場。

不過比這更讓大家注意的，是溫妤的到來。

溫妤跟在蔣禹赫身後，很快感受到了大家對她的打量。

她懶得理那些目光，四處看了看，很快便在演員就緒的位置那裡看到了尤昕。

尤昕也看到了她，兩人互相交換了個你懂我懂的眼神後，很快裝作不認識地淡定移開。

副導演讓出了C位，「蔣總請坐。」

蔣禹赫坐下，又對溫妤指了指身邊的座位：「過來。」

溫妤哦了聲，再一次在大家的議論聲中坐到了蔣禹赫身邊。

與此同時，公司的八卦群又暗暗地沸騰了。

【現場圍觀老闆寵他的小嬌妻，刺激！】

【終於正面看到辦公室娘娘的臉了，不怪人家受寵，是真的漂亮，很高級的漂亮，盲猜一定也是某位千金小姐，氣質超好。】

【朋友們，辦公室娘娘的腿絕了，比桑晨性感起碼十倍，我眼睛都看直了！】

【大膽，不准肖想老闆的女人哈哈哈哈！】

【殺了我吧，我剛剛幫老闆送水過去，你們猜我聽到了什麼，辦公室娘娘叫老闆哥哥，哥哥！太嗲了吧！】

……

溫妤完全不知道自己的出現讓演員複試現場成了大型吃瓜現場，更絕的是——她剛坐定，影音廳的門又開了。

這次來的是桑晨。

【救命啊哈哈哈哈修羅場！桑娘娘也來了！】

【天啊羨慕今天在現場的夥伴，這是去示！威！的！嗎！】

【快！給我直播！桑娘娘加油！】

【示什麼威啊，一看她就不太行的樣子，坐在副導旁邊，老闆都沒看她。】

【打起來打起來！】

桑晨的到來溫妤也很意外。

她嘀嘀咕咕，看起來有些不高興：「這個女的怎麼也來了。」

蔣禹赫睨她，「你不喜歡？」

溫妤以為桑晨也是蔣禹赫叫來的，莫名低低刺了一句，「我喜不喜歡有什麼重要，哥哥你喜歡不就行了。」

蔣禹赫皺眉，明顯感覺到了溫妤情緒裡的不快。

以為是還記著上次點菸的事，他無奈嘆一聲，似哄又似解釋道：「桑晨是《尋龍》的主演，也是公司的藝人。導演讓她過來看看對手戲演員的選拔很正常。」

誰知溫妤緊接著就來了一句：「主演還不是你選的，大家都說她是你欽點的女一號。」

夾槍帶棒的，火藥味很濃。

安靜了幾秒，蔣禹赫看著她：「你到底想說什麼？」

溫妤閉了閉嘴。

事實上她也不知道自己想說什麼，就是看到這個女人不太舒服。

「沒什麼，我閉嘴了。」

蔣禹赫便也沒再說話。

副導演這時繞到蔣禹赫身邊說：「蔣總，原本銘嘉也要過來看一下的……」

溫妤頓時嚇了一跳，還好他跟著又說，「但您也知道這兩天他的事情鬧得滿城風雨，所以最近都在家閉門思過，他還讓我跟您說聲抱歉，說以後一定會注意自己的言行舉止，不會給劇組帶來負面影響。」

「那樣最好。」蔣禹赫並沒有對沈銘嘉做過多表態，見人到齊了，吩咐一句：「開始吧。」

二十個演員裡只挑一男一女，競爭還是比較強烈的。

每個演員上場後自我介紹，然後隨機抽取電影中的片段現場表演。

溫妤對其他人都沒興趣，只想看尤昕。

蔣禹赫看出她的走神，輕輕靠過來提醒她：「認真點，待會我會問你。」

溫妤：「……」

這兩天她在辦公室裡看了很多與電影投資ＩＰ甄選方面的內容，知道一部電影如果要成功，除了劇本與導演之外，演員也是非常重要的一部分。

有些人天生屬於那個角色，而有些人無論如何包裝，都無法達到觀眾心中的期許。

所以如何精準選角，也是一種技能。

幾波演員表演結束後，終於到了尤昕。

溫妤頓時打起精神，身板坐得筆直，好像欣慰的老母親看女兒上場表演一樣，自豪又激動。

而尤昕也沒有辜負她的希望，無論是表演狀態還是臺詞功底都表演到了極致。

最終所有人面試結束後，副導演心中也有了判斷，只是現在蔣禹赫坐在這，自然還是要先問問老闆的意見。

「蔣總，您有沒有合適的人選？」

蔣禹赫頓了頓，側過頭問溫妤：「今天選的是燕雲京和龍菲這兩個角色，你看過劇本，覺得哪兩個人合適。」

溫妤想都沒想就把尤昕報出去：「龍菲我覺得六號演員很適合，至於燕雲京……」

溫妤看了一圈，指了一個長得很帥氣的男生說：「十二號吧。」

蔣禹赫看了她兩眼，又側身問坐在副導身邊的桑晨：「桑晨你說。」

桑晨愣了下，似乎有些受寵若驚，但還是很快回道：「龍菲這個角色是需要一些英氣的，我覺得二號比較適合，燕雲京在劇中是我的貼身保鏢，所以身材和身高都需要考慮，我覺得九號演員不錯。」

頓了頓，她很謙虛：「不過，一切還是聽蔣總和導演的意見。」

溫妤：「……」

她去看蔣禹赫，卻發現男人臉色不太好看，很快便站起身，淡淡撂下一句：「就用桑晨選的那兩個。」

副導演：「是。」

蔣禹赫走了，溫妤自然也跟著離開，身後即時傳來了副導演宣佈的聲音，那兩個演員高興地擊掌慶祝。溫妤回頭，看到了尤昕眼裡的羨慕和落寞。

溫妤有些心疼。

然而視線從尤昕身上收回時，溫妤又一次和桑晨的目光不期而遇。

對方這次沒有挑釁，只是淡淡地看著她。

可就是這種沒有表情的對視，反而讓溫妤多了幾分被壓制的難堪。

這種情緒讓溫妤直到回了辦公室，整個人看起來都懨懨的，沒精神。

蔣禹赫卻未察覺，一進門就問她：「我要你看劇本，你看了什麼。」

溫妤低著頭不說話。

「說了多少次，選演員不是憑主觀喜歡，而是看人物分析，看劇情需要，你喜歡那個叫尤昕的演員，可她的外形身高和五官根本不適合龍菲這個角色。」

「桑晨一個演戲的都能看到重點，我教你那麼久你看不出？是你自己說想來上班學東西，所以每天坐在這裡有沒有用心？」

「嗯，我不如桑晨，不如她專業，不如她懂你，不如她和你心有靈犀。」溫妤忽然站起來，「行了嗎？」

蔣禹赫：「你——」

不等他再說，溫妤已經拿著包包奪門而出。

&

溫妤知道尤昕這時心裡肯定會難過，出門便打了電話給她，想安慰一下她。

雖然，她更難過。

這種難過不知道要怎麼說，溫妤的理智很清楚蔣禹赫說得沒錯，她的確是在憑自己的主觀喜歡，的確是私心想要拉尤昕一把，可是——他先當著桑晨的面否定了自己，後面還誇她。

這種感覺太糟了。

溫妤悶悶不樂地坐在咖啡廳裡等尤昕，等了快半個小時她人才來。

「怎麼突然叫我出來，你不是應該在公司嗎。」尤昕坐下就問。

溫妤低頭咬著吸管裡的飲料，「不想看到他。」

「又吵架了？」

「……」

「這次又因為什麼？」

溫妤本來想要跟尤昕傾訴，但話到嘴邊又覺得——人家都落選了，你這麼點小事值得開口嗎。

於是搖搖頭，「沒吵架，我就是想出來安慰下你，你別不開心，機會肯定還有的。」

尤昕聽笑了，「我為什麼要不開心啊，我現在開心得很好嗎！」

？？

溫妤以為這人被刺激傻了，「你沒事吧，開心得很？」

尤昕從包包裡拿出一份合約樣的文件，「剛剛我面試結束就被亞盛的藝人部叫過去了，說是要跟我簽約，而且《尋龍檔案》也給了我一個女三的角色，說是蔣禹赫指定我演那個角色，我剛剛就是去談這件事。」

溫妤：「……？」

須臾，溫妤好像明白了什麼。

尤昕不知道溫妤在辦公室爭吵的事，還在一旁暗自猜測：「剛剛在影音廳的時候我看蔣禹赫看你的那個眼神，嘖，感覺你要星星他都會馬上給你摘一個下來，所以老實說吧，是不是你要他這麼做的？」

冷靜下來的溫妤臉燒得有點燙，搖搖頭：「他不是那種公私不分的人。」

要不剛剛也不會當面駁回自己了。

溫妤有些後悔。

她早應該知道蔣禹赫的為人，從來公是公私是私，尤昕這麼優秀他一定會看到。

是她自己莫名其妙把情緒宣洩在桑晨身上。

她到底在發什麼瘋啊。

溫妤搥了搥自己的頭，忙打開微信想跟蔣禹赫說句對不起，卻發現不知什麼時候，列表裡多了一個好友申請。

尤昕還沉浸在簽約的快樂裡，自言自語道：「對了，聽說沈銘嘉最近悶著呢，前兩天他還打電話和我要你的新微信，我估計他是不是懷疑那個帳號是你了。」

溫妤皺眉看著手機，驀地抬起頭：「你告訴他了？」

「怎麼可能？」

溫妤把手機轉過來對著尤昕。

那位申請加好友的頭像及名字，她們幾乎一眼便知是誰。

沈銘嘉。

「我靠，我真沒說，你微信裡都有誰啊？絕不是我！」

溫妤微信裡一共就只有尤昕，蔣禹赫和茵茵三個人。

稍一排除就知道是誰。

溫妤當即準備打電話給茵茵，誰知她的電話同時打了過來。

「魚姐姐，我們粉絲團的會長不知道為什麼想要你的微信帳號，他找到我說了很久，說是銘嘉哥哥想找你問些事，你也知道我是他的粉，就沒好意思拒絕……不過如果你不想加就不要加他了，還有啊千萬不要告訴我爸爸！」

果然是茵茵。

溫妤扶額無奈，「你還粉他？前兩天不是都曝出他和粉絲談戀愛劈腿嗎？」

誰知茵茵冒出一句：「姐姐你不懂，那是嘉哥的黑粉，照片都是合成的，他是被陷害的。」

溫妤：「……」

掛了電話，溫妤終於知道沈銘嘉那麼難以連根拔起的原因了。

說得好聽點，這些粉絲是矢志不渝，說得難聽點……算了，老何的女兒，她不想說那些話。

溫妤不知道沈銘嘉加自己幹什麼，畢竟從茵茵的認知角度，她不是溫妤，是蔣禹赫名義上的妹妹。

想了想，她還是按下了通過。

渣男並沒有馬上說話，溫妤當然也不會主動，她傳了則微信給蔣禹赫：【哥哥〔委屈〕〔對手指〕】

蔣禹赫沒回，但一分鐘後，他打來了電話。

「在哪。」

他沒提剛剛在辦公室的事，溫妤也很自覺地一筆帶過，好像沒發生過。

「我……出來喝了杯咖啡。」

「不跑了？」

「……不跑了。」

蔣禹赫沉默了會，其實溫妤跑走的時候他是有些生氣的，可聽到溫妤的聲音，那點氣又怎麼都生不起來了。

「地址，我過去接你。」

溫妤愉快地把咖啡廳的地址給了他。

掛了電話，溫妤忙張羅尤昕撤退：「他來接我了，我先到樓下等。」

尤昕看著她一臉興奮蕩漾的表情，嘖了聲，「看你這樣子，不知道的還以為是男朋友來了呢。」

溫妤白了她一眼：「你是不是兄妹戀小說看多了，什麼都往那方面想。」

人都走出去幾步了，溫妤忽然又想起了什麼似的，折返回來拿出手機，對著尤昕亮出自己的手機背景：「我和他的合照，怎麼樣，有沒有兄妹情深那個味道了？」

尤昕瞄了一眼：「……」

這麼肉麻的姿勢還好意思說兄妹情深，還有你這麼大一個心P在這裡是怎麼回事？帶頭搞兄妹戀還說我。

不過尤昕就是在心裡念道，嘴上沒說出來，「有有有，味道還大著呢，趕緊去吧，別讓你的好哥哥等久了。」

溫妤成功炫耀了一把，轉身心滿意足地離開。

走到商場樓下，她站在蔣禹赫指定的位置等，時不時看一眼兩人合照做的手機螢幕保護，莫名會唇角上揚。

很快，一輛白色汽車停在她面前。

溫妤以為是蔣禹赫，可想了想又不對，蔣禹赫就沒有白色的車。

她便沒上前，繼續原地玩手機等著。

誰知車上的人卻走了下來。

走到她面前。

「好好。」

溫妤一愣，手裡的動作隨即停下來。

因為這個聲音……

曾經無數次在夢裡出現過的聲音。

那個以為就快要忘記的聲音。

她抬起頭，看到面前站著一個年輕男人，個子很高，灰白風衣，戴金邊眼鏡。

儘管面容已經是陌生的成熟輪廓，但眉眼裡的溫潤卻一如往昔，絲毫沒有改變。

人來人往，車流擁擠，溫妤怔怔看了很久，才難以相信地開了口——

「……哥哥？」

蔣禹赫剛把車開到商城附近的十字路口，就收到溫妤傳來的訊息。

【哥哥，我臨時有點事，你別來接我了，我待會自己叫車回去。】

蔣禹赫踩住刹車，盯著螢幕看了會，忽然生出一股不知從何起的煩躁。

自從私心藏起了那支手機，他總被一種患得患失的感覺包圍著，總覺得會更快地失去溫妤。

每個人都要為自己做出的決定付出代價，他自私留下溫妤，換來的是不是就是自己想要的結果，蔣禹赫也不知道。

沒接到溫妤，蔣禹赫心裡有點煩。

想問她去了哪，和誰一起，又強行克制回去。

他曾說過只要她在身邊就好。

就算只是哥哥，他也願意。

貪婪要有度，所以每當那種強烈的佔有欲作祟時，蔣禹赫只能強迫提醒自己不要越界。

那是自己定下的界限。

原地抽了根菸後，蔣禹赫什麼都沒問，獨自返回了別墅。

這場重逢來得太突然，出乎溫妤意料之外。

她怎麼都沒想到，在分隔十多年後，溫清佑會突然出現在京市街頭，自己的面前。

可是很奇怪，大概是親情的原因，血濃於水，即便這麼多年沒見，當他站在自己面前時，溫妤還是迅速地把他認了出來。

或許是太久沒見的原因，咖啡廳裡，兄妹之間一時無話可說。

畢竟分開那麼長時間，隔閡總是難免。

尤其是這段日子以來，溫妤已經慢慢把蔣禹赫當成了溫清佑，替代他在心裡哥哥的位置。

可現在親哥哥忽然出現了，溫妤竟有些不習慣。

禮貌地坐下來，溫妤問：「你怎麼知道我在這裡？」

服務生端來兩杯飲品，溫清佑把其中一杯遞到溫妤面前，淡淡說：「周越告訴我的。」

「周越？」溫妤愣住，「你認識周越？」

溫清佑低頭笑了笑，「不然你覺得一個已經破了產的公司，一個已經毫無任何價值的地方，周越這樣的名校高材生為什麼還會願意留下來？」

溫妤聽得似懂非懂，茫然看著溫清佑。

「我雖然人在國外，但並不代表對國內的你們毫不關心。爸爸做生意激進不聽勸，所以早幾年前我就雇了周越過來幫他，但沒想到最後還是走到了這一步。」

溫清佑說了很多，溫妤終於才明白，原來周越的不求回報和無私付出都不過是溫清佑這些年的悉心安排。

「你既然這麼有心，為什麼不自己回來？」

溫妤的這句話，多少是有一些責怪的。

小時候兄妹倆感情特別好，可分別這麼多年，溫清佑從沒回來過。

「妤妤。」溫清佑垂眸，輕輕攪拌著手裡的咖啡，「媽出國後沒多久就生病了，我們的生活過得並不好，我又何必來打擾你們。」

「她病了？」

「十六歲開始我一邊打工一邊上學，你想像不到我最困難時的樣子。後來畢業再創業，異國他鄉，總歸有許多身不由己。但無論如何希望你相信，哥哥從來沒有忘了你。」

溫妤微微緩了語氣：「那為什麼現在又要回來。」

溫清佑手中動作停下，抬頭看著溫妤，說：「因為我妹妹正在做一件非常荒唐的事情，我必須要回來阻止他。」

溫妤怔了怔，「你知道些什麼？」

「你正在做的是什麼，我知道的就是什麼。」

「……」

溫妤恍然想起在江城那一次，周越是見到了蔣禹赫的，也親耳聽到了自己叫他哥哥。

既然他是溫清佑的人，那麼肯定已經起疑，抽絲剝繭查到自己在做什麼也不是難事。

「所以呢，」溫妤問：「你回來的目的是什麼。」

溫清佑很乾脆：「帶你走。」

「……？」

「娛樂圈本來就是個污穢水深的地方，很多事情你根本無法想像。能在這個圈子裡摸爬滾打到頂尖地位的人絕不是你可以去隨便玩弄的，趁現在事情還沒有鬧大，他還不知道你在騙他，結束吧。」

溫清佑的話溫妤不是不知道，可她意難平，「不行，我還沒讓沈銘嘉付出代價。」

「妤妤。」溫清佑嘆了口氣：「那樣的男人值得你為他這樣費盡心機嗎？哥哥現在在華爾街開了一家公司，那裡有數不盡的優秀男人，哥哥可以每天幫你介紹，介紹到你滿意為止。」

「值不值得是我的事，傷害沒有在你身上你當然體會不到。」溫妤有些不快，覺得溫清佑典型的站著說話腰不疼。

沉默了會，她或許也意識到自己的語氣有些衝，又緩和下來：「那你是不是告訴爸爸了。」

「沒有。」溫清佑頓了頓，「但如果你不聽話，還要這麼胡鬧下去，我會告訴他。」

溫妤：「……」

溫清佑的出現好像往溫妤已經習以為常的生活裡投了砸下一枚炸彈，翻天覆地，攪亂她所有平靜。

「我知道這件事很突然，但妤妤，哥哥是為你好，玩火自焚，沒有好結果。」

溫清佑有備而來，而且幾乎是明確地要溫妤中止這件事，溫妤只好暫時應付：「讓我想想。」

「我要回去了，不然他會懷疑的。」

溫清佑知道不可能馬上說動溫妤，也沒再強求，他從口袋裡掏出一張飯店的名片，順便在上面寫下房號：「我住在這裡，想好了來告訴我。」

溫妤把名片塞到口袋裡，嗯了聲轉身就走，身後聲音響起——

「你的號碼不打算告訴哥哥嗎。」

「……」

溫妤差點忘了。

她又轉過來，和溫清佑互相交換了手機號碼，「那我先走了，哥……」

不知為什麼，對著親哥哥喊哥哥，竟然有種難以開口的生澀。

第二個「哥」字就那樣弱了下去。

兩人走到咖啡廳外的馬路上，溫清佑問：「我送你？」

「不用了。」

溫妤怕萬一再遇到上次周越那樣的情況，蔣禹赫又要生氣。

街燈下的溫妤面容有些消瘦，多年不見，溫清佑心裡總歸有些愧疚和格外的疼愛。

他伸手想去捏一捏溫妤的臉，溫妤卻突然往後讓了下。

手僵在空中，溫清佑頓了頓，笑了，「生疏了。」

溫妤有些尷尬：「對不起，可能我還沒回神，因為真的，你回來得太突然了。」

溫清佑能感覺到妹妹對自己的陌生，沉默了會，他喚她的名字：「妤妤。」

「嗯？」

他從口袋裡拿出一張紙，遞給了溫妤。

溫妤接過來，紙張陳舊泛黃，上面是一副稚嫩的畫。

一個小男孩和一個小女孩在太陽下手牽著手。

溫妤記得，這是溫清佑過十二歲生日時自己送給他的禮物。

那年她六歲。

後來沒多久，他們就分開了。

溫清佑說：「周越每週都會告訴我你幹了什麼，去哪玩了，又交了什麼朋友，這些年你成長的痕跡我幾乎都知道。」

「……」

「哥哥真的沒有忘記你。」

這幅見證了曾經兄妹感情的畫驀地讓溫妤鼻子酸了，她知道自己曾經在無數個夢裡喊著哥哥的名字，希望他回來，但每次夢醒後都是一場空，這麼多年，雖然渴望，但也的確是有怨恨的。

一幅畫就輕鬆出賣了她的情緒。

她紅了眼，聲音在風裡有些哽咽：「我以為你們都把我忘了。」

溫清佑走過來，輕輕把她抱在懷裡：「哥哥沒有，真的沒有。」

時隔十多年，兄妹倆來了一次久別重逢的擁抱。

而他們誰也不知道，就在同時，馬路對面，一個身影拍下了這一切。

回去的路上，溫妤一直在想溫清佑的話。

趁現在事情沒有暴露，趁蔣禹赫還不知道自己在騙他，離開這裡。

溫妤不是不知道一旦事情敗露的後果，光是看黎蔓試圖利用蔣禹赫的下場就知道。

她一個破產千金，沒有任何背景勢力，碰瓷大佬欺騙感情這種事一旦被發現了是什麼結果她也沒好好想過。

「就算是為了爸爸你也不該做這種事。」溫清佑的話再次在腦中響起。

溫妤嘆了口氣，有些動搖。

的確，她二十二歲的大好人生實在不必在沈銘嘉這樣一個人渣身上浪費，況且現在他的人氣已經跌了很多，總算也是懲罰到了。

所以，她該離開嗎。

溫妤閉上眼睛，心如亂麻。

手機這時滴一聲響。

溫妤垂眸，看到是一則新微信通知。

以為是蔣禹赫傳來的，她點開，卻發現竟然是沈銘嘉。

【嗨，你好。】

溫妤現在心情不好，不想理他。

誰知過了一會，他又傳來一則：【你是蔣總的妹妹？我們之前見過，在洲逸飯店的餐廳，你還記得嗎？】

溫妤仔細把這則訊息看了兩三遍，驀地好像明白了沈銘嘉加自己的意義。

這個男人是狗急跳牆了，口碑跌了就開始打歪主意，想討好她這個大佬的妹妹投敵救國。

溫妤便配合地回他：【你是？】

得到回應的沈銘嘉看得出很興奮，先是自我介紹了一下，然後便一直找各種話題跟溫妤聊天。

溫妤忍著噁心陪他聊了會，到家便關了手機。

蔣禹赫已經提前回來了，但溫妤沒有去找他，自己安靜地回了房。

趴在床上，腦子裡反覆想溫清佑說的話。

平時溫妤回來了都是嘰嘰喳喳，不是圍著十二姨就是鬧著自己，這樣的反常引起了蔣禹赫的注意。

他去敲她的門，門開，「怎麼一個人躲房裡？」

溫妤打起精神：「沒啊，可能是剛剛逛了一圈有點累了。」

蔣禹赫便沒再問下去，轉身要走的時候溫妤卻叫住他，「哥哥。」

蔣禹赫又回頭。

其實溫妤並沒有什麼想說的，只是當下這一刻，特別想叫一叫他。

「沒什麼，就是。」溫妤低了低頭，「下午在辦公室對不起，是我任性了。」

安靜片刻，蔣禹赫嗯了聲，正要開口說什麼，房裡，溫妤的手機忽然響起來。

是微信的聲音。

響了一聲，緊接著又響了好幾聲，像是連續的訊息。

蔣禹赫的表情不易察覺地露出幾分微妙，但很快收斂自如：「有人找你。」

溫妤馬上跑回去把手機按成了靜音，「……那個，茵茵找我問一些事。」

蔣禹赫的眼神何其毒辣，一眼看出溫妤眼中一瞬即逝的不自然。

他知道溫妤或許有點怕他，或者是忌憚，他也知道造成這樣的原因或許是之前自己太過嚴苛。

但現在，留在身邊，以什麼身分都可以，是他自己的選擇。

不過問，給她自由，也是他的選擇。

因此蔣禹赫點了點頭，並沒有挑明什麼，轉身離開了房間。

溫妤鬆了口氣。

微信是該死的沈銘嘉傳來的，他見溫妤半天不回覆，又開始了撩撥。

【在幹嘛呢？】

【那次我看到你紮了兩個小辮子，超級可愛。】

【你跟你哥哥關係不好嗎？】

【有什麼不開心的可以跟我聊聊，想聽拍戲的趣事嗎？】

聊你媽。

溫妤真的想鑽進螢幕暴打一頓這個賤人，可她又深知現在沈銘嘉傳的每一則紀錄，都有可能成為將來把他徹底搥死的證據。

溫妤回他：【你說你是沈銘嘉，我怎麼知道是不是啊，你傳幾張照片我看看吧。】

渣男果然上當，不僅連續傳了好幾張私照，甚至還傳了一張裸著上半身的肌肉照。

溫妤看到吐了。

她懷疑那肌肉是P的，他哪有那麼好的身材。

又隨便套了幾句話，溫妤以要下樓和哥哥吃飯結束了聊天。

總體來說，到目前為止，沈銘嘉說的話還算克制，但溫妤相信，用不了多久他的狐狸尾巴就會露出來。

第二天，生活看似如常進行，可對溫妤來說，每天早上平淡中帶著期待的那種美好，卻似乎逐漸在從指縫中流走。

她上班時頻頻走神，好幾次蔣禹赫問她事情她都答非所問，整個人都被溫清佑的話左右著，思緒始終無法平靜。

蔣禹赫把資料夾輕輕丟到桌上，面朝她問，「你到底在想什麼，完全心不在焉的樣子。」

溫妤疲憊地揉了揉太陽穴：「可能是昨晚沒睡好。」

「為什麼沒睡好。」

溫妤幾番欲言又止，卻無法說出心中糾結。

她要怎麼開口告訴蔣禹赫，她的親哥哥回來了，而且執意要帶她離開。

蔣禹赫抱著雙臂打量她幾秒後，似乎有些無奈：「算了。」

他轉過去，「要是實在不舒服，去裡面睡一會。」

溫妤今天的狀態的確看不進任何文件，腦子裡好幾個小人在打架，有的叫她繼續留下，把沈銘嘉虐到死，有的說趕緊跑，被發現了就完了。

甚至還有一個在說——來啊浪啊繼續做總裁的假妹妹多刺激呀！

溫妤覺得要精神分裂了。

「好吧，我去睡一會。」

辦公室有一間臨時臥室是蔣禹赫平時休息用的，溫妤慢吞吞起身朝裡走，剛走出幾步，蔣禹赫突然又說：「桑晨就是公司的藝人、演員，僅此而已，你少看那些亂寫的八卦新聞。」

蔣禹赫也不知道自己為什麼還是沒忍住要跟她解釋這些。

可看到她精神懨懨的樣子，又自責是不是昨天當眾駁斥了她，太不留情面。

尤其是，她總誤會自己喜歡桑晨。

溫妤聽完他那句話，思緒彷彿仍在神遊，「好的，我以後不看了。」

然後默默轉身。

……

你到底有沒有聽懂我的意思？

我不喜歡那個女人！

蔣禹赫喝了口水冷靜下來，覺得自己應該是養了個傻子。

溫妤進臥室沒多久，甯祕書敲門走進來，「蔣總。」

「有事？」

「……剛剛收到了一封寄給您的郵件。」

「？」蔣禹赫抬眼，「你這是什麼表情，郵件怎麼了。」

蔣禹赫的工作郵件帳號是甯祕書統一管理，一般她會過濾掉無用資訊，再整理好內容轉傳給蔣禹赫的私人帳號。

可現在，甯祕書彷彿很難開口的樣子，醞釀了很久才說：「是一些照片，我剛剛已經寄到您信箱了。」

蔣禹赫能察覺到甯祕書口中的照片一定不是什麼好內容，身處娛樂圈，偷拍是最基本也最低級的套路。

在打開郵件之前，蔣禹赫一直以為，或許是對家拍到了亞盛旗下某位大咖的隱私，才會如此興師動眾發到自己的信箱，可當他真正打開郵件看到那些照片之後——空氣倏地安靜，甚至是凝固若冰。

蔣禹赫的眼神逐漸變得晦暗，陰沉，直至最後，沉到谷底。

啪的一聲，有什麼被折斷的聲音。

〈上冊完〉

高寶書版集團
gobooks.com.tw

YH 088
綠茶要有綠茶的本事（上）
作　　者　蘇錢錢
責任編輯　陳柔含
封面設計　黃馨儀
內頁排版　賴姵均
企　　劃　何嘉雯

發 行 人　朱凱蕾
出　　版　英屬維京群島商高寶國際有限公司台灣分公司
　　　　　Global Group Holdings, Ltd.
地　　址　台北市內湖區洲子街88號3樓
網　　址　gobooks.com.tw
電　　話　(02) 27992788
電　　郵　readers@gobooks.com.tw（讀者服務部）
傳　　真　出版部(02) 27990909　行銷部 (02) 27993088
郵政劃撥　19394552
戶　　名　英屬維京群島商高寶國際有限公司台灣分公司
發　　行　英屬維京群島商高寶國際有限公司台灣分公司
初　　版　2022年7月

本著作物《綠茶要有綠茶的本事》，作者：蘇錢錢，由北京晉江原創網絡科技有限公司授權出版。

國家圖書館出版品預行編目(CIP)資料

綠茶要有綠茶的本事（上） / 蘇錢錢著. -- 臺北市
: 英屬維京群島商高寶國際有限公司臺灣分公司,
2022.07
　冊；　公分. --

ISBN 978-986-506-449-5(上冊：平裝).

857.7　　111008388